お嬢さんの契約カレシ。1

織島かのこ

一二三文庫

この物語はフィクションです。
実在の人物、団体等とは一切関係がありません。

目次

【雇用契約書】

契約期間：
2023年6月10日～2023年12月9日

就業時間：
毎週土曜日（※都合により変更あり）
八時間限度　雇用主が定めるシフトによる

報酬：基本給3000円／時間

交通費：実費支給

従事すべき業務内容：御陵雛乃の恋人

本契約書に記されていない事項は、甲乙協議の上、
定めるものとする。

序章　お嬢さんの契約彼氏

手渡されたA4サイズの契約書を隅から隅までしっかり目を通し確認した山科俊介《やましなしゅんすけ》は、ふむと頷いて万年筆を手に取った。普段自分が使っている安物のボールペンとは違う、高級感のある手触りだ。

「いかがでしょうか？」

背筋をピンと伸ばした美女――御陵雛乃《みささぎひなの》が、艶やかなロングヘアを揺らして首を傾《かし》げた。

Tシャツにデニム姿の俊介は高級ホテルのラウンジで浮きまくっているが、濃紺のセットアップを着た彼女は、この場に違和感なく溶け込んでいる。

「破格の条件ですね。文句ないですよ」

「承諾いただけるようであれば、こちらにサインと捺印をお願いします」

「ちなみに、デートにかかる費用なんかは、お嬢さんに負担してもらえるんですか？」

「報酬とは別に、デートの際の食事代や交通費は経費として請求していただいて構いません。摘要《てきよう》欄に詳細を書いた領収書を提出してください」

「はい、お嬢さん。ホテル代は経費で落ちますか？」

俊介の問いに、雛乃は一瞬虚を突かれたように目を見開いた。しかしすぐに真剣な表情に戻り、熟考ののち答える。

「……落ちますが、性交渉は業務内容に含まれていません」

「じゃあキスは？」

「………………」

再び考え込んだ雛乃に、俊介はニヤリと笑って言った。

「そんなマジメな顔して考え込まなくても、冗談すよ。きっちり報酬分だけ働かせてもらいます」

「か、からかったのですか？」

些細《ささい》な軽口にも真剣に考え込む雛乃がおかしくて、俊介はケタケタと声を立てて笑った。彼女は頬を染めて、ややムッとしたような表情を浮かべる。意外と可愛らしいお嬢さんだ。

「契約の期間は、半年間でいいんですね？」

「ええ。年が明けると、私は正式に婚約することとなりますから」

「もしそれまでに、お嬢さんに他に好きな人ができたらどうするんです？」

「場合によっては、契約を途中で解除することも検討します。もちろんあなたに好きな人ができた際も、遠慮なく仰《おつしや》ってください」

「はいはい」

そう答えながら、おそらくそれは余計な心配だな、と俊介は考える。こんな美味しいアルバイトをふいにして、一銭にもならない恋愛をしようとは思わない。

それより雛乃の方から、契約の解除を言い渡される可能性は十分にあるだろう。最初は物珍しいのだろうが、彼女は直《じき》に俊介に飽きるかもしれない。

（……まあ、お嬢様が飽きるまで、せいぜい稼がせてもらいますか）

俊介は万年筆を走らせ、契約書に署名と捺印をする。雛乃に「はい」と手渡すと、彼女は顔色ひとつ変えずそれを一瞥した。

「たしかに確認しました。では、これにて契約締結ということで」

「ビジネスライクですね。こちらも望むところですけど」

「基本的なやりとりはメールで行いましょう。週末のデートについては、プレゼン資料を明後日までに提出してください」

「げ。それも俺が考えるんですか？」

「当たり前です。あなたは私の恋人でしょう？　支払う報酬の分だけ、私を楽しませてくださいね」

雛乃は眉ひとつ動かさず、しれっと言ってのけた。せっかく可愛い顔をしてるんだから、もうちょっとマシな言い方できないもんかね、と内心毒づいてみる。

しかし今の俊介に、御陵雛乃に逆らうという選択肢はない。なにせ彼女は、自分の雇用主《こいびと》なのだから。

俊介は片手を胸元に当てると、わざとらしいぐらいに丁寧なお辞儀をしてみせた。

「……承知しました、お嬢さん」

第一章　お嬢さんの提案

「いやあ、俊介サンキュー！　マジで助かった！」

俊介が講義ノートを差し出すと、小野龍樹《おのたつき》は地獄で仏に出会ったかのように両手を合わせた。

ありがたやとばかりに受け取ろうとした龍樹をよそに、俊介はひょいとノートを持ち上げる。代わりに、無言で右のてのひらを突き出した。

「へ？　何？」

「五〇〇円」

「はあー⁉　金取んのかよ⁉」

「当たり前だろ。俺が月曜一限の講義に無遅刻無欠席で真面目に出席した、汗と涙の結晶だぞ」

「ケチな奴だなー！　友達だろ！」

人の善意にぶーぶーと文句をつけてくる、図々しいこの男が、友達なのかどうかは甚《はなは》だ疑問だ。俊介は「じゃあこの話はなかったことに」とノートをリュックにしまう。

「せいぜい来月の試験勉強頑張れよ。おまえ、今年入ってから一回もあの授業出てないだろ。必修の単位落として、内定決まってんのに卒業できないなんて事態は避けたいよなァ」

嘲《あざけ》るような俊介の言葉に龍樹は、ぐぬぬと表情を歪める。「払えばいいんだろお！」と叫んで、財布から五〇〇円玉を取り出した。

「はいはい、まいどありぃ」

硬貨と引き換えに、講義ノートを龍樹の頭に乗せてやる。龍樹は恨みがましい目つきでこちらを睨みつけていた。

「ほんっと、友達甲斐のない男だな……」

「なんでだよ。なんの見返りもなく奉仕される方が怖いだろが。タダより高いものはない、っていうだろ」

「そうかあ?」

「言っとくけど俺は、ここで金取らなかったら永遠におまえにタカり続けんぞ。あのとき助けてやっただろ、あのときの恩を忘れたのかってな。そう考えると、五〇〇円なんて安い安い」

「……ちくしょう、この守銭奴《しゅせんど》め」

呆れたように溜息をついた龍樹に、俊介は「なんとでも言え」と肩を竦《すく》めた。

龍樹に称される通り、山科俊介は自他共に認める筋金入りの守銭奴である。モットーは質素倹約《しっそけんやく》、地獄《じごく》の沙汰《さた》も金次第《かねしだい》。

俊介は猛勉強の末、日本でも有数の国立大学に合格した。東北から上京してきて、オンボロアパートで一人暮らしを始めてから三年と少し。真面目に授業に出席しつつ、あいた時間の大半をアルバイトに費やしている。去年のうちに就職活動を終え、既に大手メーカーからの内定を得ている。大学生活最後の一年は比較的のんびり過ごせそうだが、そろそろ卒業論文に取り掛かろうと思っていたところだ。

「そーいや俊介、今日の夜、暇？」

小遣い稼ぎも済んだし、さっさと帰ってメシ食って寝るか、と思っていると、龍樹が切り出してきた。

予定はないが、益のないイベントに駆り出されるのはごめんだ。俊介はゼミの飲み会などにもほとんど顔を出さない。

「おまえが何を提案してくるかによって、暇かどうかを決める」

「相変わらずオブラートに包まない男だな……悪い話じゃないってば。鳳《おおとり》女子のコと合コンできるぞ」

鳳女子、というのは近隣にある女子大学だ。お金持ちのお嬢様が多く通うことで知られており、美人が多い、という噂もある。もっとも、俊介は微塵も興味がないが。

これまで何度か人数合わせの合コンに参加したことはあるが、愛想笑いを浮かべて上っ面を撫でるような会話をするだけで、楽しいと思ったことは一度もない。何故か男性の方が多く参加費を徴収されるのも解《げ》せない。金の無駄だという結論に達してからは、誘われても参加しないことにしている。

そもそも、恋愛ほど金のかかる娯楽はない、と俊介は常々思っている。そんな一銭にもならないことに金と時間を費やすぐらいなら、労働して金を稼いだ方がずっとマシである。

それなりに異性ウケする見てくれをしているため、これまでに恋人がいたことはある。相手の押しの強さに流されるように付き合うのが大抵のパターンだ。しかし、大抵の女性は金にがめつい俊介の本性を知ると、波が引くようにすーっと逃げていってしまう。結局のところ、ケチな男はモテないのだ。

「あー、悪い悪い忙しい。じゃあな」

「ちょ、ちょっと待て！　タダ飯食えるぞ！」

「おっ。それなら暇かもしれん」

魅力的な単語に、俊介は一瞬でてのひらを返して身を乗り出した。

合コンに微塵も興味はないが、タダ飯となれば話は別である。先ほど「タダより高いものはない」などとうそぶいておいてなんだが、〝タダ〟はこの世で二番目に好きな言葉である。ちなみに一番好きな言葉は〝金〟だ。

「オレのバイト先のコの友達がさ、合コンしたいって言ってるらしくて。すげえ金持ちのお嬢様で、メシ代は全部そのコが持ってくれるってさ。しかもそのへんの居酒屋じゃないぞ、〝むらさめ〟の六〇〇〇円のコースだ」

「……話がウマすぎねーか？　ホイホイついて行ったら、ぼったくられるんじゃないだろうな」

俊介は眉間に皺を寄せた。タダ飯は大好きだが、ウマすぎる話にはウラがある、と考えるのが普通である。疑念を抱く俊介に、龍樹は「いやいや」と首を振る。

「美紅《みく》ちゃんはそんなコじゃないから。ほんとにイイコなんだよ！」

「なるほど。おまえ、その子のこと狙ってんだ」

「……頼む、俊介！　初めて美紅ちゃんと飲みに行けるチャンスなんだよー！　イケメン連れて来いって頼まれてんだ！　オレの周り、女子と喋れるコミュ力のある奴ほとんどいないしさあ……頼むよ……」

勢いよく頭を下げた龍樹に、俊介は溜息をついた。俊介たちの周りには女慣れしていないシャイな男どもが多く、女子に対して臆さず会話できる奴は意外と少ない。

（要するに俺は、コイツが女と仲良くなるためのダシにされてるわけだ）

無償で利用されるのは癪だが、俊介の気持ちは揺らいでいた。今回はタダ飯という報酬もある。〝むらさめ〟の六〇〇〇円のコースなど、貧乏大学生である俊介がおいそれと口にできるものではない。それほど食にこだわりのある方ではないが、タダ飯は、いつだって食べたい。

「……飯《メシ》食ったらすぐ帰るからな」

俊介がそう答えると、龍樹は表情をぱっと輝かせる。「心の友よ！」と両手を握ろうとしてきたので、ひらりとそれを躱《かわ》してやった。

◇◇◇

俊介はいったん帰宅したのち、自宅アパートから最寄りの駅へと向かった。目的の繁華街まで、地下鉄で片道二三〇円。タダ飯のためとはいえ、地味に痛い出費である。

改札を出て、地上へと続く階段を上ると、金曜日の繁華街は多くの人間でごった返していた。時刻は一六時すぎ、六月の日の入りは遅く、まだ太陽は天高く輝いている。

夜になると客引きがずらりと並ぶような歓楽街だが、この時刻だとまだほとんどいない。人の流れを掻《か》き分けるように、すいすいと歩いていく。途中で、車が通れないような細い路地に入った。

合コンの会場である日本料理店〝むらさめ〟は、駅前からは少し離れた路地裏にある、ひっそりとした隠れ家的な店だ。学生向けの店ではないため、俊介は一度も訪れたことはない。

引き戸を開けて中に入ると、「いらっしゃいませ」と迎えられる。予約の名前は〝ミササギ〟と聞いていたので、そのまま伝えると、奥の座敷へと案内された。

「おーす、俊介。おつかれ」

襖《ふすま》を開いて中に入ると、既に龍樹が座っていた。隣には、すっきりと耳の出たショートヘアの美女が座っている。タイトなTシャツにロングスカートというカジュアルな装いだが、傍に置いているのはハイブランドのバッグだ。さすがは鳳女子大のお嬢様、といったところだろうか。

軽く会釈《えしゃく》をすると、ニコッと目を細めて人好きのする笑みを返された。

「今日は突然すみません。たっちゃんのバイト仲間の梛辻《なぎつじ》美紅です」

「山科俊介です。はじめまして」

「山科さん、たっちゃんと同じ、東都《とうと》大学の文学部なんですよね。ふふ、お噂はかねがね」

「噂って？」

「すごーくお金にがめついイケメンだって！　でもほんとにかっこいいから、びっくりしちゃいました」

冗談めかして言った美紅に、俊介はへらっと笑って「そりゃどーも」と答える。

俊介は誰もが振り向く美形というわけではないが、なかなか顔立ちは整っているし、服装や髪型にもそこそこ気を遣っている。むやみやたらと愛嬌を振り撒くタイプではないが、求められるなら愛想笑いだってする。見た目を整えることに投資した方が、長い目で見ると得だと気付いたからだ。

合コンというからにはもう何人かいるだろうと思っていたのだが、座っているのは龍樹と美紅の二人だけだ。疑問に思って、腕時計（安物のデジタル時計である）を確認する。時刻は約束の一六時半だ。

「二人だけ？　他のメンバーは？」

「今日来るのは、あと一人だけですよ。今回の言い出しっぺです」

どうやら面子《メンツ》は四人だけらしい。合コンというには小規模だが、タダ飯にありつきたいだけの俊介に異論はなかった。

「こんな時間から始めるなんて、えらく早いっすね」

「門限が一九時らしいですよー。だから今日は、きっかり二時間で解散でーす。二次会はナシで」

「……うえ、小学生の門限かよ」

一九時門限とは、どれだけ箱入りのお嬢様なんだ。しかし長居をするつもりもないので、さっさと帰れるのはありがたい。タダ飯を食うだけ食ってお暇《いとま》しよう。

テーブルを囲んで雑談をしていると、襖の向こうから「お連れ様がいらっしゃいました」という店員の声がした。俊介が首を回して振り向くのと同時に、襖が開く。

「お待たせいたしました。遅れてしまい、申し訳ありません」

襖の向こうから現れた女の姿に、俊介は一瞬、目を奪われた。

ハーフアップに結われた、艶やかな黒のロングヘア。膝下丈の清楚な水色のワンピース。陽の光に当たったことなどないかのような白い肌。黒々とした大きな瞳を縁取る長い睫毛。すっと通った鼻筋。薄桃色の小さめの唇が、バランス良く配置されている。

ハッと息を呑むほど美しい女は気品に満ち溢れており、どこから見ても正真正銘のお嬢様だった。隣には黒いスーツを着た、ロマンスグレーの男性が控えている。

（執事だ。執事がいる。執事同伴で合コンに来る女、生まれて初めて見た）

呆気に取られている俊介を、女はチラリと一瞥する。宝石のような瞳に見つめられた瞬間に、心臓がどきりと跳ねる。が、俊介はそれに気付かないふりをした。

「お初にお目にかかります。御陵雛乃と申します」

清楚可憐なお嬢様はそう名乗ると、こちらに向かって優雅な仕草でお辞儀をした。

「……では、雛乃様。のちほどお迎えにあがります」

「ええ、ありがとう石田《いしだ》」

まさかこのまま執事同伴で合コンが始まるのか、と思いきや、連れの男は恭《うやうや》しくお辞儀をして立ち去っていった。

残されたお嬢様——御陵雛乃は、スカートの裾をさっと整えてから俊介の隣に腰掛けた。そんな仕草のひとつひとつに品が感じられる。

「本日は突然のことにもかかわらず、お集まりいただきありがとうございます。至らない点もあるかと思いますが、よろしくお願いします」

「雛乃ちゃん、カタすぎるよ。株主総会じゃないんだから、もうちょっと肩の力抜こ？」

やたらと格式ばった挨拶をした雛乃を、美紅がケタケタと笑い飛ばした。雛乃はやや戸惑ったように「申し訳ありません。こういった場に慣れていないもので……」と答える。

「とりあえず、飲み物注文しようよ。たっちゃんと山科さんは、お酒飲みます？」

美紅は気が利くタイプらしく、テキパキと場を回しつつ注文を取っている。手渡されたドリンクメニューを開くと、生ビール中ジョッキが八〇〇円もした。さすがそのへんの居酒屋とは違う。雛乃以外の三人は生ビールを、雛乃は烏龍茶《ウーロンちゃ》を頼んだ。こちらだけ酒を飲むのも気が引けて、俊介は尋ねる。

「飲まないんですか」

「まだ一九なので。今年の一二月に、二〇歳になります」

ということは、二二歳の俊介よりも学年はふたつ下だ。美紅は雛乃と同学年だが誕生日を迎えており、すでに二〇歳になっているらしい。

飲み物と料理がテーブルに運ばれてきたところで、美紅がパンと両手を叩いた。

「とりあえず紹介するね、雛乃ちゃん。こちらはわたしのバイト仲間の小野龍樹さん。それからこっちは龍樹さんの大学のお友達の山科俊介さん」

美紅が順番に紹介してくれたので、名乗る手間が省けた。生ビールのジョッキを口に運びながら、「はじめまして」と会釈をする。雛乃は俊介と龍樹に交互に視線を向けて、丁寧に頭を下げてくれた。

「二人とも東都大学の学生さんなんだよ。すごいよねー」

「スゴくないスゴくない。オレなんか、受験勉強だけ死ぬ気で頑張った不良学生だからさあ。あ、俊介はこー見えてマジメだけど」

「それでも日本の学問の最高峰と呼ばれる大学に入れたことは、誇れることだと思います」

雛乃に褒められ、龍樹は「そうかな」と照れたように頭を掻いた。しかし雛乃は、眉ひとつ動かさずクールに付け加える。

「最高の環境で学ぶチャンスがあるにもかかわらず、それを享受《きょうじゅ》しないのは学費の無駄だと思いますが」

「……御陵さん、結構キツいこと言うね」

龍樹はがっくりと項垂《うなだ》れたが、俊介は雛乃と同意見だった。大学というのは、学ぶ機会を金で買う場所である。みすみす学費をドブに捨てるのが嫌で、俊介は日々無遅刻無欠席で講義に出ているのだ。ほんの少しだけ、お嬢様への好感度が上がった。

「それにしても、お嬢様とは聞いてたけど、マジモンのお嬢様でびっくりしたよ。俺、本物の執事初めて見た」

「石田は執事ではありません、運転手です。幼い頃からうちに勤めていて、世話になっているんです」

幼少期からお抱え運転手がいるというのも、なかなかすごいが。もしかすると、身の回りの世話をしてくれるメイドなんかもいるのかもしれない。

雛乃の顔をまじまじと見つめた龍樹が、ふと「待てよ、御陵って……」と顎に手を当てて、何かを思い出すように視線を虚空に彷徨《さまよ》わせた。

「……変わった苗字だけど、もしかして御陵コンツェルンの……？」

「そう！　雛乃ちゃん、御陵コンツェルン代表の一人娘なんだよ！　財閥令嬢なの！」

「財閥はとうに解体されていますから、その表現は適切ではないですね」

雛乃はしれっと答えたが、俊介はギョッとした。向かいに座っていた龍樹も、突如として居住まいを正す。

御陵コンツェルンといえば、国内でも有数の財閥系企業グループである。まさか御陵コンツェルンのご令嬢と合コンをすることになるとは。将来のためにここで何かしらのコネを作っておくべきだろうか、と俊介は素早く脳内で算盤《そろばん》を弾《はじ》く。

（……いや。面倒ごとの方がデカそうだな）

数秒で諦めた。所詮、自分とは住む世界の違うお嬢様だ。この場限りの縁と思って、せいぜいタダ飯を楽しむのが吉だろう。小さな皿に入った前菜盛り合わせも、刺身の舟盛りも、鯛の吸い物もどれも美味い。

モリモリ食べている俊介とは裏腹に、雛乃はあまり箸が進んでいないようだ。少食なのか、それとも社長令嬢の口には合わないのか。そのマグロの刺身いらないならくださいよ、と言いたくなるのをぐっと堪える。

「……それにしても、なんで御陵コンツェルンのお嬢さんが合コンなんか？」

そんな疑問が、ふいに口をついて出た。

雛乃は両手を膝に置いたまま、くるりとこちらを向く。話をするときに、相手の目を見るタイプなのだろう。曇りのない澄んだ目でまっすぐ見つめられると、なんだか意味もなく逃げ出したくなる。

「普通の大学生らしいことをしてみたい、と思い立ちまして。それで、栁辻さんに無理を言ってお願いしました」

「ほんと、いきなり〝合コンというものをしてみたいのですが〟って言われたからびっくりしたよー。今日初めて喋ったのに！」

それは驚きだ。初対面でそんなことを切り出されて引き受けるなんて、ちょっとお人好しすぎないか。もちろん胸の内ではさまざまな打算が渦巻いているのかもしれないが、俊介のようにタダ飯につられたわけではないだろう。

「申し訳ありません。友人がまったくいないもので」

「急なことだし、雛乃ちゃんに会わせるわけだから。やっぱ、変な男の人は連れて来れないでしょー？」

「ご配慮いただき、ありがとうございます」

「それで、わたしの知り合いの中では一番の有望株を選ばせていただきましたー！」

「マジで？　やったー！」

有望株扱いされた龍樹は素直に喜んでいる。悪印象は抱かれていないのだろうが、美紅から〝友人に紹介してもいい男〟だと思われていることには、おそらく気付いていない。幸せな男だな、と俊介は内心呆れた。

（しかしまあ、連れて来られたのが俺たちみたいなのとは。お嬢さんも、さぞがっかりしただろうに）

龍樹も俊介も見た目はそれほど悪くないが凡庸《ぼんよう》な一般人であり、御陵コンツェルンのお嬢様と釣り合いが取れているとは言い難い。しかも龍樹に至っては、明らかに美紅以外は眼中にない。雛乃の望んでいた〝合コン〟がどういったものかはわからないが、これでは期待外れもいいところだろう。

「残念でしたね。来たのが俺みたいなので」

「そうでしょうか。この出逢いが無益かどうかを判断するのは早計だと思いますが」

「え」

意外な反応に、俊介は驚く。思いのほか好印象を持たれているのだろうか。氷の仮面のような雛乃の表情からは、今ひとつ感情が読み取り辛《づら》い。

「私には友人がいませんから。こうして普段関わることのない、同世代の方たちとお話しできることは、貴重な経験だと思います」

話しているあいだ、雛乃は俊介から視線を逸らさない。なんだかこっちが居た堪れなくなって、俊介は泡がすっかりなくなったビールばかりを見つめていた。

会話が途切れると、雛乃は黙々と食事を始めた。少食なわけではなく、おそらく会話しながらものを食べるのが苦手なのだろう。箸の持ち方が手本のように美しく、食べ方が綺麗だ。凝視するのも気が引けて、俊介は横目でこっそり観察していた。

合コンというにはあまりにもお行儀の良い会合は、和やかに進んでいった。龍樹と美紅が社交的で明るいため、沈黙が気まずくなるようなことはない。俊介は話を振られるたびに、当たり障りのない答えを返していた。

メインの天ぷらを食べ終えたところで恋愛の話題に移り、ようやく多少合コンらしい空気になる。

「美紅ちゃんは今、彼氏いないんだよね？」

「そうなの！　実は、先月別れたばっかりで。今は、彼氏とか別にいらないかなって感じかなー」

さりげなくジャブを打った龍樹があっさりカウンターを食らって、がっくりと項垂れている。三杯目の日本酒を飲んで舌の回りが良くなってきた俊介は、隣の雛乃に向かって尋ねた。

「お嬢さんは、彼氏欲しいんですか？」

「……その〝お嬢さん〟というのは、私のことでしょうか」

俊介の呼びかけがお気に召さなかったのか、雛乃は眉を顰めた。「当たり前でしょう」と返すと、雛乃はやや不服そうな表情を浮かべつつも頷く。

「……そうですね。恋人は欲しいです」

「まあ、合コンしたがるぐらいですもんね」

「えーっ、雛乃ちゃんほどの人でも彼氏欲しいと思うんだね……どんな人でも、フッて息吹きかけるだけで彼氏になってくれそうなのにー」

「そうでもありませんよ。人の気持ちはお金で買えませんから」

雛乃はそう言ってかぶりを振った。彼女にとってはなんてことのない発言だったのだろうが、俊介は、ややカチンときた。

この手の〝愛はお金では買えない〟的な思想が、俊介は大嫌いである。貧乏人が言えば負け惜しみに聞こえるし、金持ちが言えば嫌味に聞こえる。俊介にとっては、この世に金で買えないものなどないのだ。

「……いや。人の気持ちだって、買おうと思えば金で買えますよ。あるとこにはあるもんです」

「どういうことですか？」

雛乃が小首を傾げると、黒髪がさらりと揺れる。顔にかかった髪を耳にかける仕草も美しい。

「俺みたいに金で動く人間の愛なら、いくらでも買える。札束で頬ブン殴って、〝私の恋人になってください〟って言えばいいですよ」

「おいおい俊介、ゲスい話すんなよ。ごめんねー、こいつ、金にがめつくて」

「なんでだよ。顔や性格で恋人を選ぶ人間はいくらでもいるのに、金で選ぶと批判されるのは理不尽だ。財力だって立派な才能だろ」

「うーん……でもそれって、本当の意味で気持ちを手に入れたことにはならないですよね？　結局、相手が好きなのはその人自身じゃなくてお金なんだから。顔や性格とはわけが違いますよ」

運ばれてきたデザートのメロンシャーベットをつつきながら、美紅が言う。やっぱりお嬢様は綺麗事が得意だな、と俊介はややムキになった。

「愛されてるかどうかなんて、結局は自分の主観でしかないでしょ。もし相手が金しか見てなかったとしても、当人が愛されてると思い込めるなら、それでいいんじゃないですかね」

美紅は納得していなさそうだったが、この場の空気を乱すほどでもないと思ったのか、「まあ、考え方は人それぞれですねー」と雑にまとめた。

雛乃は瞬きもせず、じいっと俊介のことを見つめている。

「……お嬢さん、まだ何か？」

「では、あなたの愛はお金で買えますか？」

「そっすね。札束で頬ブン殴っていただけたら、いくらでも」

俊介が冗談めかしてそう答えると、雛乃は真面目くさった表情で「大変興味深いお話でした」と頷いた。

◇◇◇

お嬢様の気まぐれで開催された合コンは、予定通りきっちり一八時半でお開きになった。

土壇場で「やっぱり払え」と言われることも覚悟していたのだが、会計は雛乃が全額持ってくれた。真っ黒なクレジットカードで支払いを済ませた雛乃は、最後に店員に「ごちそうさま。美味しかったです」と言った。ただそれだけのことで、また少し彼女への好感度が上がった。

「ありがとう雛乃ちゃん、ごちそうさまー。今度はわたしが何か奢るね」

美紅はあっけらかんと、雛乃にお礼を言っている。同世代の友人に奢られるのに抵抗のないタイプなのだろう。良くも悪くも金に頓着のないお嬢様らしい。

「なんか、オレらまでご馳走になっちゃって悪いなあ」

「いえ、お気になさらないでください。私が無理を言って来ていただいたのですから」

「ごちそうさまです」

龍樹は恐縮したが、俊介は「やっぱり払え」と言われる前に早々に礼を述べた。

店を出ると路地を抜けて、大通りに面した歩道に出る。そこで雛乃は足を止めて、

「直に迎えが来ますので」と言った。

「あ、そうか。御陵さんは車で帰るんだな。美紅ちゃんは地下鉄？」

「うん！　たっちゃん、最寄り駅同じだったよね？　一緒に帰ろう」

美紅の言葉に、龍樹は「送ってくよ！」とデレデレしている。まったくもってわかりやすい男だ。仕方ない、少しぐらいはアシストしてやるか。

「俺、お嬢さんの迎えが来るまで一緒に待ちますよ」

「あら、よろしいのですか？」

「ここで一人で待つのも物騒でしょ」

まだ早い時間帯とはいえ、あまりガラの良くない連中もウロウロしている繁華街だ。こんなところに世間知らずのお嬢様を一人にするのは、さすがに気が引ける。

「雛乃ちゃん、わたしも待とうか？」

「いえ、直に来るので大丈夫です。栂辻さん、今日はありがとうございました」

「ううん、わたしも楽しかったー！　また大学でねー」

「じゃあ俊介、御陵さんのことよろしく」

「お二人とも、お気をつけてお帰りください」

二人はぶんぶんと千切れそうなほど両手を振ってから、肩を並べて駅に向かって歩いていく。律儀《りちぎ》に頭を下げて見送っていた雛乃は、ふたつの背中が見えなくなってからようやく面《おもて》を上げた。

「山科さん、お気を遣わせて申し訳ありません」

「いや、龍樹に貸しを作っただけですよ。あいつ、椥辻サンのこと狙ってるから」

「……まあ、そうだったのですね。全然気が付きませんでした」

雛乃がそう言って、片手を口元に当てた。あそこまで露骨な態度を見ても気が付かなかったとは、どうやらかなり鈍感なお嬢様らしい。

それにしても、先ほどまでは座っていたためよくわからなかったが、こうして並んでみると、雛乃は思いのほか小柄だ。踵《かかと》の高い靴を履いているのに、俊介の肩のあたりに頭がある。堂々とした態度のためか、実際よりも背が高く見えるタイプなのだろう。

吹き抜けた風が意外なほど心地よく感じて、自分の頬が熱を持っていることに気が付いた。少し飲みすぎたのかもしれない。

「……あ、来ました。あの車です」

そのとき俊介たちの目の前で、白いロールスロイスが停まった。素早く運転席から降りた黒いスーツを着たロマンスグレーの運転手は、手慣れた仕草で後部座席の扉を開ける。

「じゃあ俺はこれで」

俊介が立ち去ろうとしたところで、雛乃が、すっと右手を差し出した。

「どうぞ」

「え?」

「乗ってください。よろしければ、ご自宅までお送りします」

「え、マジすか? ラッキー」

雛乃の申し出に甘え、俊介は遠慮なくロールスロイスに乗り込んだ。体が沈みそうなほどフカフカの座席だ。隣に座った雛乃がシートベルトを締めたので、俊介もそれに倣《なら》った。

「ご自宅はどちらですか?」

雛乃の問いに、俊介はオンボロアパートの場所を簡単に伝える。運転手はすぐに把握したらしく、「承知致しました」と言って車を発進させた。

「ありがとうございます。電車賃が浮いて助かりました」

「いえ、お気になさらず。私の方も、下心があってのことですから」

「下心?」

目の前のお嬢様に似つかわしくない単語に、俊介は訊き返す。薄暗い車内で、雛乃はまっすぐに俊介のことを見据えていた。水面のように澄んだ瞳が街のネオンを反射して、不思議な色で光っている。

その瞬間、タダより怖いものはない、という言葉が俊介の脳裏に浮かんだ。さんざんタダ飯を食らった見返りにとんでもないことを求められるのでは、と身構える。

「先ほどの話に戻るのですが」

「はい、なんでしょう」

「あなたの愛は、本当にお金で買えるのですか？」

「あー、そうすね。お安くしときますよ」

半笑いのまま軽口で答えると、雛乃はニコリともせず「では、交渉に移りましょう」と切り返す。

「山科俊介さん、私の恋人になってください。もちろん報酬はお支払いします」

「…………………はい？」

たっぷり数秒の沈黙のあと、俊介の口から出たのは存外間抜けな声だった。目の前の女があまりにも真剣な顔つきをしているので、冗談ですよね、と笑い飛ばす空気にもならない。

「……リクエスト通り、札束で殴った方がよろしかったでしょうか。ごめんなさい、今手持ちの現金があまりなくて……クレジットカードでもいいかしら」

「あ、いや、あれは比喩《ひゆ》ですから。本気にしないでください」

ブランドの長財布をゴソゴソ探り出した雛乃を、俊介は慌てて止める。クレジットカードの束で殴られるのは、物理的にちょっと痛そうだ。

（……御陵コンツェルンのお嬢さんが？　俺を恋人に？　しかも、報酬ってどういうことだ？）

まったくもって意味がわからない。話についていけず唖然としている俊介に、雛乃は続ける。

「もちろん、本気の交際を求めているわけではありません。私は卒業後に親の決めた相手と結婚することが決まっていますから」

「……ああ、そうなんですね」

「要するに、私と期間限定の恋人契約を結びませんか、ということです」

「恋人契約ぅ？」

突拍子もない提案に、俊介は素《す》っ頓狂《とんきょう》な声をあげた。

報酬を貰って、恋人のふりをする。俊介に経験はないが、〝レンタル彼氏〟なるアルバイトが一部の界隈で流行していることは知っている。雛乃が求めているのも、そういった類《たぐい》のものだろうか。

「なんでまたそんな、酔狂《すいきょう》なことを」

「『ローマの休日』という映画、ご存知ですか？」

「へ？　ああ、名前だけ……観たことはないです」

「まあ、ぜひ一度ご覧になってください。素晴らしい作品ですよ」

いきなり話題を転換されて、ちっとも頭がついていかない。なんなんだ、この女は。マイペースなお嬢様の振る舞いに、俊介はやや苛立《いらだ》ってきた。

「ローマにやって来た王女と新聞記者の、一日の恋を描いた映画です。オードリー・ヘプバーンの美しさもさることながら、モノクロなのにローマの景色が本当に鮮やかで。何より、ラストシーンがとっても素敵なのですよ」

よほど好きな映画なのだろう。話しているうちに、雛乃の表情と口調がやや砕けたものになってきた。そういう顔をすると、彼女も自分と同世代の女の子に見える。

うっとりと熱をこめて語っていた雛乃だったが、置いてけぼりの俊介に気付いたらしく、我に返ったようにコホンと咳払いをした。

「……とにかく。私は、あのような恋をしてみたいのです。自分の世界を一八〇度変えてしまう、身を焦がすような一日限りの恋を」

「はあ」

「あなたの〝愛されてるかどうかなんて、主観でしかない〟という言葉、感銘《かんめい》を受けました。嘘を本当だと信じ込んでしまえば、本物となんの変わりもありませんものね」

雛乃の表情と口調は真剣そのもので、こちらを騙そうとするような意図は感じられない。ならばこちらも真面目に考えようと、俊介は腕組みをした。

「……細かい条件面を確認しないと、なんともお返事できませんね。契約の期間は？」

「半年間を予定しています」

「お、意外と長い」

「場合によっては、途中で契約を解除することも考えますが」

「ちなみに、ここが俺にとって一番重要なんですけど……報酬は？」

「相場がわからないのですが、一般的にはどのぐらいが適切なのでしょうか」

「時給二〇〇〇円から四〇〇〇円ってとこじゃないですかね」

「そうですね……では、あいだをとって時給三〇〇〇円でいかがでしょう。少々、安すぎるかしら」

「いえ。悪くないですね」

悪くない。むしろ、俊介にデメリットが少なすぎる。もし彼女が世間知らずで我儘《わがまま》放題のお嬢様だったとしても、こんな美女とデートして三〇〇〇円貰える仕事なんて、やりたがる男はごまんといるだろうに。

「……やっぱり、納得できませんね」

「あら、まだ何か？」

「お嬢さんぐらい美人なら、もっといい男、いくらでも捕まえられるでしょ。わざわざ金払って俺みたいなのと付き合うメリット、ないですよ」

雛乃が首を傾けると、艶やかな長い黒髪が揺れる。栁辻美紅の言う通り、どんな男でもフッと息を吹きかけるだけで虜《とりこ》にできそうな美貌《びぼう》だ。こんなにも恵まれた女が、俊介を見初める理由がない。

雛乃はじっとこちらを見据えたまま、言った。

「先ほども申しあげた通り、私は卒業後に親の決めた相手と結婚することが決まっています。恋はしてみたいのですが、その方に本気になってもらっては困るのです」

雛乃の口調は淡々としている。ずっと聞いていても苦にならない、心地よい声のトーンだ。

「私が求めているのはあくまでも、期間限定の『ローマの休日』なんです」

「……なるほど」

「だから、あなたのようにお金で動く人間がちょうどいいのです。形のない見返りを求められる方が、よほど怖い。あくまでもビジネスライクな関係で、雇用契約と割り切った方が気が楽です」

（このお嬢さんとは、案外気が合いそうだ）

映画のような恋をしたい、という夢見がちなことを言うわりには、自分の立場を冷静な目で見据えている。恋愛に対するドライな割り切り方も、俊介にとって好ましいものだった。

「山科俊介さん。あなたの愛、私に買い取らせていただけませんか？」

雛乃はそう言って、俊介に向かって右手を差し出す。自分と同じ人間とは思えないほど、小さな手だ。

俊介は考える。面倒ごとに巻き込まれるのはごめんだが、時給三〇〇〇円のアルバイトは非常に魅力的だ。半年間という期間もちょうどいい。断る理由を探してみたが、特に見つからなかった。

「……かしこまりました。サービスしますよ、お嬢さん」

そう答えて、雛乃の小さな手を恭しく取る。彼女は表情を少しも変えないまま、俊介の手をきゅっと握り返した。

「半年間、私を上手に騙してくださいね」

第二章　お嬢さんとのデートプラン

梅雨《つゆ》真っ盛りとは思えないほどに清々《すがすが》しく晴れ渡った、六月一〇日の土曜日。駅前を行き交うカップルや家族連れは、皆一様に楽しげな笑みを浮かべていた。

この駅を利用する人間の大半の目的地は、ここから歩いてすぐの場所にある水族館である。足元のタイルにはイルカやアザラシのイラストが描かれているが、経年劣化によるためか少し剥《は》げていた。

まだ午前中だというのに気温は高く、じりじりと焦げつくような日差しが降り注いでいる。駅前の噴水が太陽の光を反射して、小さな虹を作っている。少々暑いが、まさに絶好のデート日和《びより》といえよう。

合コンの数日後、ホテルのラウンジに呼び出された俊介は、雛乃との恋人契約を正式に受け入れた。

期限は半年間。時給は三〇〇〇円。基本的にはシフト制。週に一回の業務時間中は、御陵雛乃の恋人として振る舞うこと。デートの二日前までにプランニングシートを提出し、当日の準備を行うこと。

きちんと契約書まで作成してきた雛乃に驚いたが、雇用主に対する信頼は深まった。

これならおそらく、報酬を踏み倒されるようなことはないだろう。

そして今日は、俊介の記念すべき初仕事《デート》である。

太陽の眩しさに目を細めていると、俊介の目の前で白いロールスロイスが音もなく停車した。時刻は一〇時五五分。待ち合わせのきっかり五分前だ。

運転手が後部座席の扉を開けると、白いレースワンピースを着た女が車から降りてきた。踵の高いパンプスのヒールがカツンと音を立てて、スカートが風を孕んでふわりと揺れる。白いワンピースがこの世で一番似合う女だな、と俊介は感嘆した。

「ごきげんよう」

「……オハヨーゴザイマス」

四五度の綺麗なお辞儀をした雛乃につられるように、俊介も頭を下げる。ごきげんよう、という挨拶を実際に耳にしたのは初めてだ。

通りかかった女子二人組が雛乃を見て、「ドラマの撮影?」とひそひそ話しているのが聞こえた。気持ちはわからなくもない。それほどまでに、このお嬢様の雰囲気は浮世離れしている。待ち合わせのたびにこんなに悪目立ちするのは考えものだ。

しかし雛乃が目立つのは、執事のごとく傍に控えている運転手（彼女には石田と呼ばれている）のせいでもあるだろう。白髪をぴっちりとオールバックにして、シルバーフレームの眼鏡《めがね》をかけた初老の男は、彫りが深く彫像のような顔立ちをしている。

若い頃はさぞかし美青年だったのだろう。

まじまじと観察していると、石田は胸に手を当ててお辞儀をしてきた。

「山科様。本日は雛乃様のことをよろしくお願いいたします」

「え？　ああ、はい」

「雛乃様の門限は一九時です。くれぐれも、遅れることのなきよう」

口調は穏やかだが、眼鏡の向こうの瞳がギラリと光る。まるで俊介を牽制するような口ぶりに、ややムッとした。

「わかってますよ。俺の今日のシフトは一一時から一八時です。時間外労働する気はありませんから」

「それでは雛乃様、一八時にお迎えにあがります」

「ありがとう、石田」

石田は最後にもう一度頭を下げてから、車に乗り込んだ。白いロールスロイスがすっかり見えなくなってから、俊介は小さく溜息をつく。

「ずいぶん過保護な運転手ですね。門限一九時って、小学生じゃあるまいし」

「石田は心配性なのです。昔から私のことを可愛がってくれていますから、親代わりのようなものですね」

そのとき、駅前にある大時計から、からくり人形が飛び出してきて、軽快な音楽が流れ始めた。一一時だ。さて、仕事の始まりである。

「ではお嬢さん、参りましょうか」

「よろしくお願いします」

俊介がすっと左手を差し出すと、雛乃は不思議そうに瞬きをした。頭上にハテナマークを浮かべながら、まるで握手をするように、左手で俊介の手をしっかりと握る。

俊介は耐えきれずに吹き出した。

「違いますよ、お嬢さん。恋人同士は手を繋ぐもんでしょ」

俊介がひらひら手を振ってみせると、雛乃は神妙な表情で頷いた。

「それはたしかに、そうですね。加点して差し上げます」

「加点方式なんですか？　もしかして一定の点数超えたらボーナス出たりします？」

「検討しておきましょう。ただし、恋人として相応《ふさわ》しくない言動があった場合は容赦なく減点させていただきますね」

「かしこまりました、お嬢さん」

「早速ですが、先ほど笑ったことで減点しておきます」

拗ねたように言った雛乃の機嫌を取るように、俊介は「すみませんって」と愛想笑いをする。彼女の右手を取ると、こわごわと握り返された。

今からおよそ七時間、山科俊介は御陵雛乃の恋人だ。頑張って時給三〇〇〇円分の働きはさせていただきますよ、お嬢さん。

◇◇◇

三日前に提出した初デートのプランを、雛乃は却下することなく一発採用した。何度かボツを食らう腹積もりでいたので、「承知しました。楽しみにしています」というメールが返ってきたとき、俊介は少なからず驚いた。

俊介のデートプランは、海の見えるカフェでランチを食べたあと水族館に行って、夕暮れどきに海辺を散歩するというベタベタなものだった。初デートの参考書なんてものがあれば、凡例として三番目ぐらいに掲載されているだろう。

駅のそばにあるカフェはハワイの砂浜をイメージしているらしく、明るい店内は白いウッド調で統一されていた。御陵コンツェルンの社長令嬢は本物のハワイに何度も行ったことがあるのだろうな、と俊介はぼんやり考える。

一一時のオープンとほぼ同時に入店した俊介と雛乃は、窓際のソファ席に案内される。雛乃は腕時計に視線を落としてから、不思議そうに尋ねてきた。

「先日プランを拝見したときにも思ったのですが……昼食には少し早い時間ですね」

「一二時前後は混みますからね。お嬢さん、長時間並ぶの嫌でしょ」

俊介の言葉がピンときていないらしく、雛乃はキョトンと瞬きをする。金持ちは混雑を避けるために、昼のピーク時間を避けるということをしないのだろうか。予約のできるような店にしか行かないのか。たしかに、お嬢様が行列に並んでいるところは想像できないが。

説明するのを諦めた俊介は、店員に手渡されたメニュー表を開く。ランチのメニューはおおむね一〇〇〇円から二〇〇〇円。ものすごく高いわけではないが、普段の俊介ならまず立ち寄らない価格帯の店である。

「一応確認しますけど、俺が食うぶんも経費精算していいんですよね」

「はい、どうぞ」

「じゃあこれにします。ハワイアンステーキプレート、飲み物はマンゴージュースで」

ここぞとばかりに一番高いメニューを選んだが、雛乃は嫌な顔ひとつしなかった。彼女はしばらく悩んだあと、ロコモコプレートとキャラメル・ラテを注文した。

ややあって運ばれてきた飲み物と料理は、洒落《しゃれ》た器に美しく盛られていた。ドリンクのグラスには真っ赤なハイビスカスが飾られている。器の大きさのわりに中身が少ないな、と俊介は思ったが、雛乃は「まあ、素敵」と口元に手を当てた。

「では、いただきます」

先日の合コンのときにも思ったが、食事のときには基本的に会話をしないタイプらしい。俊介も心ゆくまでステーキを楽しみたかったので、黙ってフォークとナイフを動かしていた。柔らかな肉に甘酸っぱいソースが絡んで美味い。タダだと思うと余計に美味い。

二人がちょうど食べ終わったタイミングで、隣のテーブルにパンケーキが運ばれてきた。生クリームのたっぷりのった皿をチラリと見て、雛乃がぽつりと呟く。

「あちらのパンケーキも美味しそうですね……」

「追加で注文します？　半分こしましょうか」

自分が払うわけではないので、いくらでも無責任なことが言える。雛乃はしばらく考え込んでいたが、ふるふると首を横に振った。

「……いえ。残念ですが……そんなに食べられそうにありません。残すのも嫌ですし、またの機会にします」

彼女ほどのお嬢様なら、いつでも好きなものを好きなだけ食べられるだろうに、パンケーキごときで本気で悔しそうにしているのがなんだか面白い。

ニヤニヤしているのがバレたのか、軽く睨《にら》まれてしまった。

「……何か、おかしいですか？」

「いえ。可愛いなーと思ってただけです」

「か、かわ」

恋人らしいリップサービスのつもりだったが、多少は本音も含まれている。かあっと赤く頬を染めた雛乃は、ぷいっと視線を逸らしてしまった。そんな仕草がまた可愛らしくて、俊介は笑って彼女の顔を覗き込む。

「お嬢さん、加点は？」

「ありません！」

膨れっ面《つら》の雛乃に、ぴしゃりと叱られてしまった。どうやら彼女は、クールで高飛車なお嬢様というわけではないらしい。またしても、意外な一面を知ってしまった。

俊介は伝票を持ってレジに向かい、電子マネーで会計を済ませた。当然、「領収書ください」と伝えることも忘れない。雛乃は店員に向かって「ごちそうさまでした」と丁寧に頭を下げる。

一二時過ぎということもあり、店を出るとずらりと列ができていた。カンカン照りの中で辛抱強く待っている人々を見た雛乃は、驚いたように手に口を当てる。

「まあ、早めに来たのはこういうことだったのですね……」

「ね？　だから言ったでしょ」

「素晴らしい段取りです。加点しましょう」

「お褒めにあずかり光栄です」

そう言って笑った俊介は、雛乃の手をさりげなく取って歩き出す。二人の初デートは、まだ始まったばかりだ。

◇◇◇

それから俊介と雛乃は、本日のメインイベントである水族館へと移動した。冷房が効いているのか、ひやりと冷たい空気に満ちている。涼しげな青色のライトに包まれているせいもあるのかもしれない。蒸し暑い初夏のデートにはぴったりだ。

壁から天井までぐるりとガラスの水槽に囲まれたトンネルを、俊介と雛乃は手を繋いでゆっくりと歩く。巨大なマンボウがのんびりと頭上を泳いでいくのは、なんだか奇妙な光景だ。鱗《うろこ》をキラキラと輝かせながら泳ぐ、色とりどりの魚群は美しかったが、それを見つめる彼女の横顔の方がよほど美しい。

「綺麗ですね」

ふいに、雛乃の瞳がこちらを向いた。心のうちを読み取られたようでギクリとするが、平静を装って「そりゃ良かったです」と答える。

「お嬢さん、魚好きなんですか？」

「ええ、ノドグロが特に。煮付けも良いですが、やはりお寿司でいただくのが最高です。あ、今の季節だと鱧《はも》などもいいですね」

「いや、食べる方じゃなくて」

ややズレた回答をした雛乃に、俊介は吹き出した。パンケーキの件といい、意外と食い意地が張っているお嬢様なのかもしれない。雛乃は頬を赤らめて、「わ、わかっています」と付け加えた。

「もちろん、見る方も好きです。オーストラリアでスキューバダイビングをしたこともあります。視界がすべて美しい真っ青な世界に包まれて、色とりどりの魚たちが目の前を……」

「ちょっ、急にスケールデカくすんのやめてくださいよ」

「……たしかに、あのときの光景と比べると、ずいぶん見劣りしますね」

「そんなんと比べられたら困ります。いったん、今だけ記憶失ってください」

本物の深海の景色を知っているお嬢様にしてみれば、水族館の巨大水槽などオモチャのようなものだろう。ここは海の底ではないし、隣にいる男は時給につられた契約彼氏だ。

とはいえ雛乃だって、全部偽物だとわかったうえで、この状況を楽しんでいるのだ。文句を言われる筋合いはない。俊介にできることは、せいぜい彼女に夢を見せてやることだけである。

　二人は手を繋いだままのんびり歩いて、トンネル水槽を抜けた。ゆるやかな坂を下ると、正面にサメが泳ぐ巨大な水槽が現れる。

「あ。お嬢さん、サメがいますよ」

　水槽を指差した俊介をチラリと一瞥した雛乃は、不服そうに唇をへの字に曲げた。

「山科さん。今のあなたは、私の何かしら？」

「え？　彼氏ですけど」

「ずっと気になっていたのですけれど、その〝お嬢さん〟という呼びかけは、いかがなものかと。減点です」

「え」

　減点、という単語に俊介は慌てた。あまりにも〝お嬢さん〟呼びがしっくりきていたので気にしていなかったのだが、たしかに恋人への呼びかけとしては不適切だろう。勤務時間中だけでも改めなければ。

「じゃあ、なんて呼びましょうか」

「それを考えるのが彼氏《あなた》の役目でしょう？」

　ツンと澄ました顔で突き放される。仕方ない、雇用主《こいびと》の命令《おねがい》とあらば、全力で考えなければならない。

（……雛乃？　雛乃ちゃん？　ひな？　ひなちゃん？　いや、それはない……どれも違うな……）

歴代の彼女のことは、大抵ファーストネームで呼び捨てることが多かった。しかし目の前のお嬢様に対して、そんな気安い呼びかけをするのは畏れ多い。雇用主であるということを差し引いても、謎の威圧感がある女なのだ。

「……じゃあ、雛乃さん、で」

悩んだ結果、無難なところに落ち着いた。雛乃に異論はなかったらしく、満足げに頷く。

「ふむ。良しとしましょうか」

どうやら減点は免れたらしい。俊介は内心、ほっと胸を撫で下ろした。

「じゃあ俺のことも俊介でいいですよ。恋人なんですし」

「そうですね。では俊介と呼ばせていただきます」

雛乃は少しの躊躇《ちゅうちょ》もなく、俊介のことをファーストネームで呼び捨てた。一応俊介の方が歳上なのだが、こういうところで変に遠慮をしない彼女の潔さは、わりと好ましい。

二人並んで、水槽の中のジンベイザメをつぶさに観察する。こうして見ると、横に広がった大きな口などはなかなか愛嬌がある。デートの定番ということで選んだのだが、たまには水族館も悪くない。

（そういや、水族館なんて久々に来たな……）

水族館に来たのは大昔の家族旅行以来だ。幼い自分は、歩き疲れたとダダを捏《こ》ねていたような気がする。仕方ないなあと自分をおんぶする背中を朧《おぼろ》げに思い出して、俊介は知らず奥歯を噛み締めていた。

「俊介は、サメ映画をご覧になったことは？」

「へ？　は、ああ、サメ映画……まったく観ないですね」

雛乃に話しかけられ、俊介は遠い記憶を慌てて脳内から追い払った。サメから視線を剥がした雛乃は、じっとこちらを見つめている。

「まあ！　『ジョーズ』も？」

「名前ぐらいは知ってますよ。人間がサメに襲われるんですよね」

「そんなに大雑把《おおざっぱ》に言われてしまうと、大抵のサメ映画はそれで説明がついてしまいます」

「雛乃さんは、サメ映画観るんですか？」

「ええ。B級の極めつきのような、思い切り馬鹿馬鹿しいものが好きですね。サメは頭部先端近くにロレンチーニ器官という弱点があるので、襲われたときはそこを狙うと良いそうですよ」

「その前に、サメに襲われるシチュエーションに遭遇しないことを願います」

大真面目な顔でサメの蘊蓄《うんちく》を語る雛乃に、俊介は吹き出した。それにしても、こんなにも楚々《そそ》としたお嬢様がB級サメ映画を嗜《たしな》むとは意外だ。『ローマの休日』といい、もしかすると映画が好きなのかもしれない。来週は映画デートにしてみようか、と俊介は考える。

「そういえば、午後二時半からイルカショーがあるみたいですよ。観ましょうか」

「まあ、是非《ぜひ》」


イルカショーの会場には、開始の二〇分前だというのに大勢の人が集まっていた。前方は既に埋まっているが、後方の端っこの席は空いている。雛乃の真っ白いレースワンピースが汚れるのが気にかかり、イルカショーを観るために準備していたハンカチをベンチの上に敷いた。

「どうぞ」

「ありがとうございます」

雛乃は礼を言って、美しい所作でハンカチの上に腰を下ろす。彼女が着ている服も、きっと信じられないぐらい高価なのだろう。彼女のワンピースのクリーニング代だけで、俊介の今日のコーディネートがすべて賄《まかな》えてしまいそうだ。

　そういえば、俊介は今日の彼女の服装に一度も言及していない。恋人の服装を褒めるのは彼氏の基本ではないだろうか。タイミング的にいまさらかな、と思いつつ、俊介は口を開く。

「雛乃さん、その服似合ってますね」

　もう少し歯の浮くような台詞が並べられたらいいのだが、これが俊介の精一杯である。月並な褒め言葉だったが、雛乃は頬を染めて胸に手を当てた。

「……初デートなので張り切りました。白いワンピースが嫌いな殿方はいない、と聞いたので」

「どこ情報ですか、それ」

「石田です」

「え、マジ？」

　仏頂面の運転手の顔を思い出して、俊介は声をたてて笑った。感覚が半世紀ほど古くないですかね、とも思ったが、あながち外れてもいないあたりが悔しい。清楚な白いワンピースを着た雛乃には、どんな男も夢中にさせてしまうような魅力があった。

「俊介は、白いワンピースはお好きですか？」

「そうですね。俺って意外とベタが好きだったんだなと、今気付きました」

　俊介が言うと、雛乃が得意げに、ふふんと鼻を鳴らす。

そのとき、軽快な音楽とともに飼育員がステージに現れたので、雛乃は拍手とともにそれを迎えた。飼育員の合図とともに、二頭のイルカが挨拶代わりの大ジャンプを決める。ばしゃんと跳ねた飛沫《しぶき》を見つめる彼女の瞳は、宝石のようにキラキラと輝いていた。

◇◇◇

「……すごくすごく可愛かったです。やはりイルカは、とっても賢いのですね……！」

イルカショーを見終えたあと、雛乃は興奮気味にそう言った。

ショーのあいだずっと、彼女は食い入るようにイルカを見つめ、技を決めるたびにパチパチと何度も拍手をしていた。あまりに熱中しているので、隣にいる俊介の存在を忘れているのではと思うほどだった。

「ジャンプの高さ、機敏さ、表情と動きの愛らしさ、すべて想像を遥かに上回るものでした。イルカの脳化指数は人間の次に多いそうですが、きっと日々さまざまな訓練を行なっているのでしょうね。素晴らしいです」

雛乃は頬を紅潮させ、瞳をらんらんと輝かせながら、大仰な言葉でイルカを褒めている。お嬢様にこれほど賞賛されては、イルカたちもさぞ誇らしいだろう。

さんざん語ったあとで、やや気圧《けお》されている俊介にようやく気付いたのか、コホンと咳払いをする。

「……失礼致しました。はしゃぎすぎでしたね」

「いえ。気に入ってくれて良かったです」

展示も終盤になり、出口付近にあるグッズ売り場に到着した。ゆっくり見て回ったこともあり、なかなかいい時間になっている。

土産コーナーに鎮座した巨大なイルカのぬいぐるみを、雛乃は穴が開くほど見つめていた。あんまり熱心に見ているので、思わず声をかける。

「買わないんですか」

「……ええ、でも……この歳にもなってこんなものを買うのは、は、恥ずかしくないでしょうか？」

雛乃は現在一九歳、今年で二〇歳だと言っていた。成人してもぬいぐるみに興味のある人間は少なくないし、それほどおかしいとは思わない。

「そんなことないですよ。俺の妹とか、実家の部屋にぬいぐるみ置いてましたし」

俊介の妹はまだ中学生だが、それは黙っておくことにしよう。

雛乃はぬいぐるみをじっと睨みつけながら、「うう……」と唸っている。そんなに悩まなくても、欲しいものなど金に糸目をつけずにポンと買えるだろうに。

「欲しいなら、買えばいいんじゃないですか。何もおかしいことないですよ」

雛乃はしばらく考え込んでいたが、やがて意を決したようにイルカのぬいぐるみを手に取った。それをそのまま、俊介にぐいぐいと押し付けてくる。

「え、なんすか」

「……あなたが買って、私にプレゼントしたという形にしてください。後から経費で請求して構いませんから」

なるほど、自分で買うよりは恋人からのプレゼントの方が恥ずかしくないということだろうか。恥ずかしがるポイントがよくわからない。

俊介は苦笑して「わかりました」とイルカを受け取る。ぽってりとしたフォルムに、つぶらな瞳が可愛らしい。

巨大なイルカのぬいぐるみは、なんと五〇〇〇円もした。昼食と同じく電子マネーで決済をした俊介は、店員に「領収書お願いします」と伝える。こんなもの、とてもじゃないが自腹を切っては買えない。

一番大きな袋でも巨大なぬいぐるみは入りきらず、袋の口から顔から出ているような状態になった。ソワソワと待っている雛乃のもとに戻り、ぬいぐるみを手渡す。

「はい、雛乃さん」

「……っ……！」

雛乃はこみ上げてくる喜びを堪えきれないといった様子で受け取ると、袋ごとむぎゅっとイルカを抱きしめる。御陵雛乃に購入されたイルカのぬいぐるみは、世界一の幸せ者だ。

「……ありがとうございます。大切にします」

（別に、俺が買ったわけじゃありませんけどね）

はっきり言って、礼を言われる筋合いは微塵もない。自分の腹を痛めていないことに、なんとなく悔しいような感情が湧いてくる。

幸せそうにイルカを抱きしめる雛乃を見ていると、恋人に高価なプレゼントをする男の気持ちがちょっとわかってしまった。もちろん、ない袖は振れないのだが。

◇◇◇

次第に傾いていく太陽を背にして、巨大な観覧車が時間をかけて回っている。水平線の向こうにある西の空は、ほんのりと橙色《だいだい》に染まっており、夕方と昼間の境界線は赤と青の混じり合った不思議な色をしていた。どこかで誰かが吹いているトランペットの音が聞こえてくる。あまり達者とはいえない音色だったが、このシチュエーションで聴くとロマンチックなＢＧＭのようだ。

六月の日没は遅い。夕焼けには少し早いが、海辺の散歩をするシチュエーションとしては悪くないだろう。あまり遅くなると雛乃の門限に間に合わなくなるし、そもそも時間外労働をするつもりはないのだ。

「俊介。私、あれに乗りたいです」

海岸沿いにある遊歩道を、手を繋いだまま歩いていると、雛乃がふいに指差して言った。彼女の人差し指の先を見ると、ゆっくりと回転する観覧車がある。

海のそばにある巨大な観覧車。デートの締め括《くく》りとしては定番なのだろうが、正直、気乗りしなかった。俊介はちらりと観覧車を見やると、口元を引き攣《つ》らせる。

「……乗るんですか？　本当に？」

「ええ。ダメかしら？」

「……ダメ……では、ないです」

有無を言わせぬ口調に、俊介は渋々頷いた。仕方がない。時給が発生している以上、これは立派な仕事だ。それならば、雇用主の望みは最大限に尊重しなければならない。

そうして俊介は雛乃と二人、観覧車乗り場にやって来た。目の前に到着したゴンドラに、雛乃の手を取って乗り込む。

「雛乃さん、足元気をつけて」

係員が「いってらっしゃーい！」と元気に手を振ってから扉を閉めた。雛乃は律儀に「いってまいります」と答える。二人を乗せた箱は、ゆっくりと天へ上っていく。

次第に地上が遠ざかっていくにつれ、額に脂汗が滲み出した。膝の上で握りしめた手が小刻みに震える。俊介の様子がおかしいことに気付いたのか、雛乃は不思議そうに顔を覗き込んできた。

「どうかしたのですか？　気分でも？」

「………いえ………」

俊介は力なくかぶりを振る。頑《かたく》なにゴンドラの外に目を向けない俊介を見て、雛乃は小さく首を傾げた。

「もしかして、高いところが苦手なのですか？」

「………はい」

お嬢様のご指摘の通り。俊介は高所恐怖症である。何故だか理由はわからないが、高い所に行くと汗と震えが止まらなくなるのだ。

俊介が下を向いて青ざめていると、雛乃は「まあ」と口元に手を当てる。

「言ってくだされればよかったのに」

「そういうわけにはいきませんよ。可愛い恋人のお願いは、死ぬ気で叶えるもんでしょう」

「それは良い心掛けですね。では、地上に着くまで手を握ってて差し上げます」

雛乃はそう言って、俊介の隣に移動してきた。その弾みにゴンドラがぐらりと揺れて、ぎくりとする。文句を言おうとした瞬間に優しく手を握られたので、俊介はおとなしく口を噤《つぐ》んだ。子ども扱いは悔しいけれど、こうしているとなんだか気持ちが落ち着く。

「……楽しかった」

狭いゴンドラの中で、ポツリと呟く雛乃の声が響く。俊介に聞かせるためというより、独り言に近いような音量だった。

(俺も、案外楽しかったな)

素直にそう思った自分に驚いた。金持ちのお嬢様の相手など、もっと気を遣って疲れるものだと思っていたのだが。よく考えると、人の金で美味いものを食ってイルカショーまで見れるなんて最高だ。それに、

(……なかなかどうして可愛いな、このお嬢さん)

こんなに可愛いお嬢様の恋人のふりをして、時給三〇〇〇円はちょっと貰いすぎなのではないかと思うほどだ。金を払ってでも彼氏役をしたい奴はたくさんいるだろう。

もっとも、今はその役目を他の誰かに譲る気はなくなっていたが。こんな美味しいバイト、みすみす手放すつもりは毛頭ない。

「観覧車に乗るのは、初めての経験です。今日は本当に新鮮なことばかり」

俊介の手を握りしめたままの雛乃が、こちらを向いて微《かす》かに笑む。西の空を反射した彼女の瞳が、オレンジ色に染まる。また、心臓がおかしな音をたてる。

「……喜んでいただけたなら何よりです。不慣れなもんで、すみませんね」

「いいえ、大変手慣れていらっしゃったと思います。俊介は経験豊富なのですね」

「いや、決して経験豊富なわけでは」

雛乃に他意はないのだろうが、その言い方はなんだか語弊がある。慌てて否定した俊介に、雛乃はキョトンと目を丸くした。

「でもこれまでに、いろんな女性とお付き合いしてきたのでしょう?」

「童貞ではないですけどね」

「はい?」

「……なんでもないです。ご期待に添えなかったら申し訳ないんですけど、俺、雛乃さんが思うほど、手慣れてるわけじゃないですよ。デートで水族館来て、観覧車乗ったのも初めてです」

「そうなのですか?　では、どのようなデートをしていらっしゃったの?」

「……」

適当に部屋でダラダラして飯食ってセックスしてただけです、だなんてお嬢様にはとても言えない。別に俊介が特別爛《ただ》れているわけではなく、一人暮らしの大学生カップルなんて、そんなものではないかと思う。実家暮らしだとしても、適当にファミレスで駄弁《だべ》ったあとホテルへ直行だ。

俊介の沈黙をどう解釈したのか、雛乃はやや不満げに腕組みをした。

「まあ、いいです。いつか教えてくださいね。私は普通の大学生がするようなデートがしてみたいのですから」

澄んだ瞳でそう言われてしまうと、引き攣った笑みで「はい、そのうち」と返すほかない。もちろん、教えるつもりは微塵もない。

そのときちょうど観覧車が頂上にさしかかり、雛乃は「なかなかの眺めですね」と感嘆の息をついた。俊介は景色ではなく、隣にいる雛乃の横顔ばかりを見つめていた。ゴンドラの外を見るのが怖かったから、ただそれだけだ。

◇◇◇

業務終了の五分前に、白いロールスロイスが駅前までお嬢様を迎えに来た。

運転席から降りてきた石田は、雛乃と俊介に向かって一礼をする。二人が手を繋いでいるのを見て、なんとも言えない表情を浮かべた。俊介に向ける視線は、まるで娘の彼氏に対する眼差しのようだ。

（俺も仕事でやってるんですけどね、石田さん）

「……お迎えにあがりました、雛乃様」

「ありがとう」

「じゃあ雛乃さん、気をつけて帰ってくださいね」

俊介が持っていたイルカのぬいぐるみを雛乃に手渡すと、彼女は笑みを浮かべてそれを受け取った。

そのとき、駅前の大時計が一八時を知らせる。仕事の時間は終了だ。繋いでいた手があっさり解《ほど》ける。雛乃の表情がキリッとしたものに変わり、他人行儀に頭を下げた。

「本日はお疲れ様でした」

「どーも。楽しんでいただけたなら何よりです、お嬢さん」

「ええ。とっても素敵な初デートでした。次回の働きにも期待しています」

雛乃は俊介にねぎらいの言葉をかけたあと、イルカのぬいぐるみを抱えて後部座席へと乗り込む。

「本日の領収書は、まとめて来週までに提出をお願いします。給与支払の際に一緒に精算させていただきます」

先ほどまでのデートが幻だったかのように、雛乃の言葉がやけに冷たく響く。わかっていたつもりだったけれど、業務時間が終了すれば、彼女と自分はただの雇用関係に過ぎないのだと思い知らされる。

（別に、それ以上を望んでるわけじゃないけど）

いずれ彼女は別の男と結婚するのだから、余計な感情を持ち込んでも虚しいだけだ。白いロールスロイスが走り出すのを待たず、俊介は背を向ける。背後で、車が発進する気配がした。

最後に一度だけ振り向くと、走り去っていくロールスロイスの後部座席を確認する。先ほどまで氷の人形のようだったお嬢様が、イルカのぬいぐるみを愛おしそうにぎゅっと抱きしめているのが見えた。

（……ああ、見るんじゃなかった）

胸の奥が締めつけられるような感覚が襲ってきて、俊介は一人舌打ちをする。今しがた見たばかりの女の顔を記憶から追い払うように、ぶんぶんと頭を振ると、踵《きびす》を返して駅へと歩き出した。

◇◇◇

六月も半ばを過ぎた、土曜日の夕方。

湯気のたつティーカップを手にした雛乃が、優雅な仕草で紅茶を口に運ぶ。ロココ調のソファに腰掛けたお嬢様は、先ほど観た映画のワンシーンと見紛うほどに美しい。窓の向こう側でしとしとと降《ふ》り頻《しき》る雨すらも、雰囲気作りに一役買っていた。

「素敵な映画でしたね。橋の上での抱擁シーン、直接的なセリフはなくとも二人の気持ちが伝わってきて感動しました」

「結構楽しめましたけど、なんであの手のラブストーリーって男も女もホウレンソウしないいんですかね？　中盤のすれ違い、ちゃんと話し合えば八割がた解決する問題だったでしょ」

「まあ、俊介は恋愛の機微《きび》というものがわかっていませんね。そこで口に出して相手の気持ちを確認できないのが、恋というものですよ」

「へー。雛乃さんは、俺に恋愛を語れるほど経験豊富なんですか」

俊介がからかうように言うと、雛乃はジト目でこちらを睨みつけてきた。

「初恋もまだです。しかし、恋愛映画は古今東西ありとあらゆるものを観てきました。私に足りないのは実務経験のみです」

「それは失礼」

そういうの頭でっかちっていうんじゃないですかね、という言葉を飲み込んで、俊介は肩を竦める。

二回目のデートプランは、映画を見たあとに喫茶店でケーキを食べてお茶をする、というデートの参考書の三ページ目ぐらいに掲載されていそうなものだった。俊介の提出したプランを、雛乃はまたしても一発採用した。

映画館に来たのは、遠い昔に妹と二人で、猫型ロボットの登場する国民的アニメを観て以来だった。せっかくなので、雛乃の了承を得てプラス一〇〇〇円のプレミアムカップルシートを選んだ。椅子がフカフカで広々としていて、このまま一生ここに住んでもいいんじゃないかと思うほどの居心地の良さだった。

映画が始まる前、雛乃は飲み物もポップコーンも買わなかった。上映中は真剣そのものの表情で、両手を膝に置いたままじっとスクリーンを見つめていた。それなりに濃厚なラブシーンが始まったときも、照れたり目を逸らしたりすることなく凝視していた。

「それにしても。俊介がラブストーリーを選ぶなんて、ちょっと意外でした。恋愛に興味がないものかと」

今日二人で観た映画は、ベタベタのラブストーリーだった。雛乃の映画の趣味がよくわからなかったため、無難なものにしておいたのだ。まあ、B級サメ映画も嗜むぐらいだから、スプラッターコメディでも楽しんでもらえたのかもしれないが。

「自分が恋愛するのはまっぴらごめんですけど、フィクションならなんでも楽しめますよ。ミステリーを好む人間が全員殺人願望があるわけじゃないでしょ」

「それは勿論《もちろん》、そうですけれど。でも、意外と真剣に観てらしたので驚きました」

「せっかく金払ってるんだから、ちゃんと観ないのはもったいないじゃないですか。俺の金じゃないですけど」

俊介は紅茶を一口飲んで、ティーカップをソーサーの上に置く。さすがケーキとセットで二〇〇〇円もするだけのことはあり、香りが良いような気がする。

「……あら、もうこんな時間ですね」

腕時計に視線を落とした雛乃が言う。一七時五〇分、そろそろ業務時間も終了だ。俊介は「そろそろ出ましょうか」と伝票を手に立ち上がった。

会計を済ませて店の外に出ると、持ってきていたビニール傘を開く。今日は朝から雨が降っていたというのに、雛乃は傘を持っていなかった。行く場所どこにでも運転手が迎えに来てくれるお嬢様にとっては、傘など無用の長物なのだろう。

とはいえ迎えを待つあいだ、雛乃を雨ざらしにするわけにもいかない。ビニール傘をさしかけると、雛乃は「ありがとう」と中に入ってきた。

高価そうなブラウスが濡れないよう、細心の注意を払って傘を傾ける。俊介の半身はずぶ濡れになってしまうが仕方ない。

「雛乃さん、もっとこっち寄ってください」

華奢《きゃしゃ》な肩を抱き寄せると、雛乃の頭が俊介の胸あたりにこてんとぶつかる。艶やかな黒髪からは、高級そうなシャンプーの香りが漂ってきた。

突然の俊介の行動に、雛乃は頬を染めて俯いている。薄いブラウスの生地ごしの、柔らかなふくらみが身体に押し当てられる。

（お、役得）

意外と着痩せするタイプなんだな――などと、不埒《ふらち》なことを考えているうちに、目の前でロールスロイスが停車した。運転席から降りてきた石田が、ジロリと俊介を睨みつける。

「お迎えにあがりました」

「……へいへーい」

俊介がぱっと手を離すと、雛乃はそそくさと車に乗り込む。後部座席の窓を開けて、

「本日もお疲れ様でした」と言ったときには、もう頬は赤らんでいなかった。

一八時ちょうど、本日も無事業務終了だ。

「次回のデートもよろしくお願いします」

「はいはい、お嬢さん。お気をつけて」

俊介がひらひら手を振ると、雛乃は少しの未練も見せずに窓を閉める。ロールスロイスが見えなくなるまで見送ってから、俊介は小さく息をついた。

（……さて。次回のデートはどうしますかね）

◇◇◇

雛乃とのデートから三日経った、火曜日。梅雨入りしたばかりだというのに暑さは厳しく、朝から激しい雨が降り続いている今日は、ただ歩いているだけで溺れるような湿度の高さだ。

自宅アパートの電気代の節約も兼ね、俊介は学部棟のラウンジでノートパソコンを叩いていた。二年前に先輩から格安で譲ってもらったものである。冷房が効いており静かで、学内 Wi-Fi も使い放題という最高の環境だ。

……唯一の欠点は、顔見知りが通りかかる可能性があるところだろうか。

「おっ、俊介！　何やってんの？」

（やっぱ、図書館行くべきだったかな）

一般的な常識を兼ね備えているならば、集中している人間には気を遣って話しかけないはずだが、龍樹はそんなことなどお構いなしである。今回は勉強していたわけではないから、別にいいのだが。

龍樹は俊介の後ろに回り込むと、断りもなくノートパソコンを覗き込む。それから、ぎょっと目を丸くした。

「はあ⁉　なんで俊介がデートスポットなんか検索してんだよ！」

ディスプレイに表示されていたのは〝大学生　オススメ　デートスポット〟の検索結果だった。こんな単語で検索しているのを他人に見られるのは、正直恥ずかしい。

俊介は「勝手に見んなよ」と舌打ちしてノートパソコンを閉じた。


雛乃との契約関係が開始してから二週間。三回目のデートを目前にして、俊介は早くもネタ切れという問題に直面していた。

そもそも異性とまともな付き合いをしてこなかった俊介にとって、デートコースを考えるのは至難の業である。水族館と映画館ぐらいしか引き出しがない。ベタにテーマパークに行くことも考えたが、週末の天気予報が雨だったので諦めた。

「……龍樹は、彼女とデートするならどこ行く？」

「それ、オレに聞く？　彼女いない歴＝年齢ですけど？」

恥を忍んで尋ねると、龍樹は拗ねたような口調で言った。こいつが童貞なのはわかってはいるが、今は龍樹にでも縋《ワラ》りたい気分なのである。

「うーん、そうだなー。カフェで飯食って水族館行って、それから観覧車乗って、てっぺんでチューするかな！」

（俺の思考回路、龍樹と同じなのか……）

聞いておいてなんだが、俊介は少し落ち込んだ。さすがに〝てっぺんでチュー〟は実行していないものの、童貞丸出しのデートコースである。

俊介がこっそり項垂れていると、龍樹は両肩を掴んでガクガクと揺さぶってくる。

「てか、どういうこと⁉　俊介、彼女できたのかよ⁉」

「あー……」

龍樹の追求に、俊介は口籠る。第三者から突っ込まれたときにどう答えればいいのか、そのあたりの話を雛乃と詰めておくのを忘れていた。契約上のこととはいえ、仕事中《デート》に知り合いに目撃されないとも限らない。

（あとでお嬢さんにメールしとくか。なんかあったときのために、口裏合わせとかないとな）

雛乃はＳＮＳの類をしていないらしく、連絡ツールはもっぱらメールである。業務連絡がほとんどで、恋人らしい雑談などを交わすことはまったくない。彼女からの返信は大抵「問題ありません」「承知しました」だ。

「……え⁉　やっぱり、彼女できたのか⁉」

俊介の無言を肯定と捉えたのか、龍樹は「この裏切り者ー！」と叫んでヘッドロックを仕掛けてくる。

「彼女に貸した一〇〇円すら利子つけて取り立てる俊介が⁉　彼女に〝誕生日デートがファミレスは無理〟ってフラれた俊介が⁉　恋愛なんて金のかかる娯楽だって言ってたじゃん！　くそー、なんでおまえばっかり！」

「まあ、人生いろいろあんだよ」

「はー⁉　オレは何もねえよ！　山も谷もない、平坦な毎日だよ！」

ぎゃあぎゃあとうるさい奴だ。暑苦しい龍樹を引き剥がそうと四苦八苦していると、バシン、という音とともに背中に衝撃が走った。

「やっほー、冴えない男ども！　何やってんの？」

「イテッ」

背中をしたたかに叩かれた俊介と龍樹は、揃って振り返る。

そこに立っていたのは同じゼミの北山《きたやま》香恋《かれん》だった。茶髪のセミロングに、すらりと手脚の長いモデル体型で、目鼻立ちのはっきりとした美人である。

「カレンちゃん、聞いて聞いて。俊介に彼女できたんだって」

「えっ、ほんとに⁉　よーし、いつフラれるか賭けよう！　一ヶ月保《も》つかな？」

香恋はそう言って、瞳を輝かせた。失礼極まりないこの女は、俊介が一時期交際していた、いわゆる元カノというやつである。

「俊介の彼女、最長記録がカレンちゃんの五ヶ月だっけ？」

「そうそう。我ながらよく我慢したと思うわあ。誕生日デートがファミレスの時点で見限ったけどね」

「なんでだよ。ファミレス、安くて美味いだろうが」

「いくら安くて美味しくても、誕生日よ誕生日！　そういうときは、多少特別なデートしたいもんでしょうが！　ドリンクバー頼んで〝いくらでも飲んでいいぞ〟じゃないのよ！　ほんっと女心のわかんない男！」

憤った香恋に、スニーカーを履いた足で思い切り脛《すね》を蹴り飛ばされた。

香恋は遠慮がなく気の強い女ではあるが、歴代の彼女の中では一番気が合った。

「要するに、アンタにとってあたしはその程度の価値しかない女ってことね」と言い放って俊介を捨てた女は、今は法学部のイケメンと交際しているらしい。幸せそうで何よりだ。

「なあ香恋。おまえ、普段彼氏とどういうとこにデート行ってんの？」

ふと思い立って訊いてみると、香恋は露骨に不愉快そうな顔をした。

「もしかして、彼女とのデートの参考にしようとしてる？　やめときなさい。彼女だって、元カノオススメのデートなんてしたくないわよ。デリカシーゼロ」

やれやれと首を振った香恋に、そういうもんかね、と俊介は腕組みをする。どうやら自分には、こういったデリカシーが欠如しているらしい。雇用主に減点されぬよう、気をつけることにしよう。

「悩んでるなら、彼女本人に訊けば？　デートって、二人でするものでしょ」

「……まあ、それもそうか」

たしかに、雛乃の希望を聞いてみるというのは、いいアイディアだ。なにせ俊介は、彼女のことをほとんど知らない。わかっていることといえば、ラブストーリーとサメ映画が好きなことぐらいだ。

（あと、イルカのぬいぐるみも）

愛おしそうにぬいぐるみを抱きしめる姿を思い出して、何故だか胸の奥が苦しくなる。心臓のあたりを手で押さえて、俊介は一人首を傾げた。

「で、カレンちゃん。いつ別れると思う？」

「完全に見てくれだけのみみっちい男なんだからすぐフラれるわよ。あたし、一ヶ月に三〇〇〇円」

「じゃあオレは二ヶ月に二〇〇〇円」

俊介はふてくされた。どいつもこいつも、他人事だと思って好き放題言ってくれる。しかし、こちらの勝利は約束されたも同然だ。俊介は恋愛は続かないが、アルバイトは長続きするタイプである。半年経ったら、絶対金を徴収させてもらおうじゃないか。

◇◇◇

週末。雛乃との三回目のデートは、悩んだ末にホテルのスイーツビュッフェにした。甘いものは好きかと尋ねたところ、「それなりです」と返ってきたが、雛乃はずらりと並んだスイーツを見てキラキラと瞳を輝かせていた。やはり、意外と食いしん坊なのかもしれない。

俊介は甘いものが特別好きでも嫌いでもないが、いくら食べても料金は同じなのだから、食べねば損である。狙い目は単価の高そうな、フルーツがふんだんにのせられたタルトや、生クリームたっぷりのケーキだ。

皿の上にこれでもかとスイーツを盛っている俊介を見て、雛乃は目を丸くした。

「まあ、欲張りですね」

「いやいや、これがビュッフェの醍醐味でしょうが。いかに単価の高いものを、限界ギリギリまで食えるかっていう」

「そんなにたくさん食べきれるのですか?」

「余裕です」

「そんなに痩せているのに、摂取カロリーがどこに消えるのか不思議です。代謝がいいのでしょうか」

マカロン、カヌレ、シフォンケーキ、チョコレートケーキをひとつずつ皿にのせた雛乃は、颯爽《さっそう》と席へと戻っていく。俊介とは対照的に、ずいぶん控えめな盛り方だ。俊介もほどほどで切り上げて、彼女の後を追う。

横並びのソファ席に腰を下ろすと、いただきます、と雛乃がお上品に手を合わせる。ふわふわのシフォンケーキを口に運んで、ふにゃりと幸せそうに目元を緩めた。まるで少女のように愛らしい表情に、俊介は一瞬我を忘れて見惚れてしまう。

（……やっぱ、可愛いな）

俊介の視線に気付いたのか、雛乃は慌てたように表情を引き締める。俊介が食べている洋梨のタルトをじいっと見つめて、「そちら美味しそうですね……」と呟いた。

「一口食べます？　美味かったら、後で取ってきたらいいですよ」

俊介がタルトをのせたフォークを口元に差し出すと、雛乃は頬を染めた。キョロキョロと周囲を見回すと、まるで秘密でも打ち明けるかのように声をひそめる。

「……こ、恋人の手ずから食べ物をいただくなんて、は、はしたなくないかしら？」

「いやいや、こんぐらい普通でしょ。みんな自分が食うことに夢中で、俺らのことなんて見てませんって。はい、口開けて」

俊介が言うと、雛乃はおずおずと唇を開く。やたらと小さな口だな、と思った瞬間に、胸の奥でぞくりと嗜虐心《しぎゃくしん》がうずいた。

「そんなんじゃ入りませんよ」

わざと意地悪く囁いてやると、雛乃は真っ赤な顔でこちらを睨みつけてくる。

「殿方《とのがた》の前で、そんなに大きな口は開けられません！　俊介は乙女心がわかっていませんね」

「よく言われます」

雛乃は目を伏せると、俊介の差し出したフォークを恥ずかしそうに口に含んだ。行為自体は健全そのものなのに、そんな反応をされると、なんだか如何《いかが》わしいことをしている気持ちになる。

タルトをもぐもぐと咀嚼《そしゃく》して飲み込んだ雛乃は、うっとりと目を細めている。そんな顔を見ると、もっともっと食べさせてやりたくなる。

「雛乃さん、こっちも美味いですよ。ほら、これも」

「……そんなに次々勧めるのはやめてください。どれもこれも食べたくなってしまいます」

「いいじゃないですか。雛乃さんも痩せてんだし」

「それは私の日々の節制の結果です。少し気を抜いたら、見えないところから太っていく体質なのです」

ぷりぷりと憤慨する雛乃に、「俺は抱き心地がいいぐらいの方が好きですよ」と言いかけてやめた。さすがにセクハラだし、今のところは抱きしめる予定もない。

あらかたスイーツを楽しんだところで、食後のコーヒーを飲む。これだけ食べておけば、今日の夕飯は無しでいいだろう。食費を浮かせる生活の知恵である。

本日の業務も残り時間は僅かだ。ソファに深く身体を沈めた俊介は、隣にいる雛乃に尋ねた。

「そういえば来週のデート、どうします？　もしよかったら、雛乃さんの行きたいところに行きません？」

俊介の言葉に、雛乃はコーヒーカップを傾ける手をぴたりと止める。こちらを向くと、「私の？」と小さく首を傾げた。俊介は素直に説明することにした。

「ぶっちゃけ、早くもネタ切れなんですよ。こうなったら雛乃さんの希望を聞くのが手っ取り早いかなって」

「まあ。職務怠慢ですね」

雛乃は俊介を咎めるように軽く睨んできたが、本気で怒っているようには見えない。

俊介は「すんません」とへらへら謝った。

「俺、デートの経験もほとんどないですし。元カノの誕生日にファミレス連れていって、フラれたこともあるぐらいで」

「……現在の恋人の前で、昔の恋人のことをべらべら話すのはいかがなものかと。減点です」

「あっ、ハイ。すみません。以後気をつけます」

今度は本気の怒りオーラを察知して、俊介は慌てて頭を下げた。雛乃はコーヒーを一口飲んだあと、カップをソーサーの上に音も立てずに置く。

「……元カノ、というのは。俊介のご学友ですか？」

「ああ。まあ……そうだったりそうじゃなかったり……誕生日にファミレス連れてってフラれたのは、同じ大学の奴ですね」

「もしかして、あなたに〝女心がわからない〟と言ったのも、その方なのかしら」

「ええ、まあ……」

「あら、そうですか」

雛乃はそう言って、じっと探るような視線を向けてきた。昔の恋人に嫉妬《しっと》しているというよりは、部下を評価するかのような目つきである。彼女の言葉ひとつで俊介は解雇されるのだから、あながち間違いではない。

「俊介。来週の金曜日は授業がありますか？」

「はい。四限目までなんで、一六時前には終わりますよ」

「承知しました。次回のデートは、金曜の夕方にしましょう。少し短いですが、一六時から一八時でいかがでしょうか。場所はあなたの大学のキャンパス内です」

「はあ？」

予想外の提案に、俊介は間抜けな声をあげた。雛乃は涼しい顔で、

「あなたの大学を案内してください」と続ける。

「え……うちの大学なんて、なんも面白いもんないですよ」

「面白いかどうかを決めるのは私です。それとも、私に会わせたくない人でもいるのかしら？」

「いや、そういうわけじゃないですけど」

そういうわけでもないが、いろいろと突っ込まれるのは面倒だな、というのが本音である。なにせ雛乃は目立つのだ。こんな美女を連れてキャンパスを歩いていては、知り合いにあれこれ追求されるのは免れないだろう。

……とはいえ、雛乃の希望を尋ねたのは俊介の方だし、雇用主の要望には最大限応えねばならない。

「かしこまりました、お嬢さん」

俊介が恭しく答えると、雛乃に「まだ業務中ですよ」と叱られてしまった。

◇◇◇

翌週、授業が終わった金曜日の一五時五五分。

俊介は我が大学のシンボルである真っ赤な門の前で、ソワソワと雇用主《こいびと》のことを待っていた。本当にこんなデートで良いのだろうか、と改めて疑念が襲ってくる。

ほどなくして、お馴染みの白いロールスロイスがやって来る。後部座席から降り立ったお嬢様は、華やかなパステルイエローのワンピースを着ている。すれ違う学生たちが、好奇の眼差しを投げかけるのがわかった。彼女はそんな視線をものともせず、まっすぐ俊介のもとへと歩いてくる。

「お待たせいたしました」

「……いえ。お嬢さん、ほんとにこんなデートでいいんですか？」

「ええ、もちろんです。私が希望したことですから。では、参りましょうか」

雛乃はクールにそう言うと、パンプスの踵を鳴らして、さっさと歩き出した。俊介は半歩遅れてそれについていく。

普段自分が通っている大学に雛乃がいるのは、なんだか変な感じだ。彼女がワンピースの裾を揺らして歩くたび、すれ違う学生たちがこちらを二度見してくる。

奇抜な格好をしているわけではないのに、どうして彼女はこんなに注目を集めるのだろうか。たしかに目を引く美人ではあるものの、うちの大学にだって容姿の整った学生はそれなりにいる。しかし雛乃が纏うオーラは、それらの美女たちのものとはまた違っている。隠しきれない気品のようなものが漂っているのだ。俗世に降りてきたお姫様のような雰囲気がある。

隣を歩いていた雛乃が、ぴたりと足を止める。首を傾げて、小さな右手を軽く持ち上げた。

「仕事中《デート》は手を繋いだ方がよろしかったかしら」

「……いや、それはちょっと……遠慮したいですね」

金のためならなんでもやる俊介だが、学内を恋人と手を繋いで歩くのはできれば御免被りたい。雛乃が食い下がるなら腹を括ろうと思ったのだが、彼女は「承知しました」とあっさり答えた。

（しかし、案内しろって言われてもな）

俊介の通う大学は日本の最高学府と呼ばれる場所ではあるが、特に面白いものがあるわけではない。うんうん考え込んでいると、雛乃が俊介の顔を覗き込んできた。

「俊介が普段、していることが知りたいです」

「……授業受けて、学食でメシ食って、ラウンジで知り合いと適当にダベるぐらいですかね」

「実は私、学生食堂に行ったことがないのです」

「え、まじすか」

　俊介にとって学食とは、バランスの良い食事を安く食べられる命綱である。昼食は大抵一〇〇円の素《す》うどんに、無料のネギと天かすを大量にぶち込んで食べている。いや、これはバランスが良いとはとても言い難いが。

「……とりあえず、うちの学部棟のラウンジにでも行きますか。今なら龍樹がいるかもしれません」

「あら。もしお会いできたら、ご挨拶させてください」

　雛乃は「のちほど学生食堂にも参りましょう」と言って歩き出す。俊介はやれやれと肩を竦めると、マイペースなお嬢様のあとを追いかけた。


「えっ、御陵さん⁉　なんで俊介と一緒にいんの⁉」

　雛乃を連れて学部棟のラウンジに顔を出すと、予想通り龍樹がいた。龍樹の他にもゼミの連中が何人かおり、その中には香恋の姿もある。

　香恋は一瞬こちらを気にする様子を見せたが、すぐ知らんふりをすることに決めたらしい。ふいと視線を逸らして、ノートパソコンに向き直った。

「も……もしかして、俊介の彼女って御陵さんなのか⁉」

　龍樹は俊介と雛乃の顔をじろじろ見比べて言った。

　俊介がチラリと雛乃の様子を窺うと、雇用主《こいびと》は「今は業務時間内ですよね？」とばかりにこちらを見上げてくる。

「……ああ。ちょっと前から付き合ってる」

俊介が頷くと、龍樹は目を丸くして「マジかー⁉」と大声で叫んだ。俊介の両肩をがしりと掴んで、ガクガクと激しく揺さぶってくる。

「も、もしかしてあの合コンがきっかけか⁉」

「それ以外何があんだよ」

「おまえはっ……！　おまえはいつもそうやって、オレをスキップで追い抜いていくよなあ！　オレなんか、未だに美紅ちゃんと進展ゼロだっていうのに……！」

「おう、せいぜい頑張れよ」

「なになにー？　俊介の新しい彼女？」

「え⁉　なにこのエグい美人！」

龍樹が大騒ぎしたせいで、他の奴らも集まってきてしまった。小柄な雛乃を男どもが取り囲む。雛乃は怯んだ様子もなく「お初にお目にかかります」と頭を下げた。

「御陵雛乃と申します」

「アッ、は、はじめまして」

「ど、どうも、いつも俊介がお世話に……」

美女にまっすぐ見つめられ、女慣れしていない男たちは揃って挙動不審になった。

「可愛い」「やばい」「いい匂いする」などとデレデレと眉を下げているものだから、俊介はなんだか面白くない気持ちになる。雛乃を庇うように、彼女の目の前に立ちはだかった。

「オラッ、さっさと散れ散れ。どうしても見るなら金払え。一〇秒で一〇〇円な」

「クソッ！　なんでこんな守銭奴がモテるんだ！　顔だけのくせに！」

「いやあ、しかしすげえ可愛いな……これは金払ってもいいわ……俊介には払わないけど」

「おーいカレンちゃーん！　俊介の彼女来てるよー！」

龍樹がそう言って、香恋に向かって手招きをした。せっかく香恋が気を遣って知らないふりをしてくれていたのに、余計なことを、と俊介は内心舌打ちしたいような気持ちになる。

香恋は躊躇しつつも、渋々といった様子でこちらに歩いてきた。香恋が目の前で立ち止まると、雛乃が俊介の後ろからひょっこりと顔を出す。タイプの違う美女が自分を挟んで向かい合っているのは悪くない光景だったが、少々胃が痛い。

「北山香恋です。山科とは、ただのゼミ仲間で……」

香恋が言い終わらないうちに、周りの男どもが「元カノと今カノのバトルだ」などと余計なことを囁き始める。香恋は眉をつり上げて、そいつらの足を順番に踏んで回った。

「いってぇ！」

「あのねえ！　彼女の前で余計なこと言わないの！　御陵さん誤解しないでね。付き合ってたのはもう一年以上前だし、今はあたしも彼氏いるし、もうコイツとは、なんでもないから！」

「何も問題ありません。お気遣いありがとうございます」

香恋は必死の形相で言い募ったが、雛乃は涼しい顔をしている。特に険悪なムードにもならなかったので、俊介はホッとした。

よく考えなくとも、雛乃にとって俊介はただの契約上の恋人だし、昔の恋人に嫉妬する必要などないのだろう。香恋にしても、今は他に彼氏がいて俊介に微塵も興味がない。

「それにしても、めちゃめちゃ可愛い子じゃない！　こんなに素敵な子と、どこで知り合ったの？」

「龍樹のバイト先の子の知り合いだよ」

「そうそう！　なんとこのお方は、御陵コンツェルンのご令嬢だぜ」

なんの関係もない龍樹が、何故か得意げに胸を張っている。雛乃を取り囲んでいた男たちが、恐れ慄《おのの》いたかのように一歩退いた。今目の前にいる女が、ただの〝友達の彼女〟ではないと気付いてしまったのだ。

「はー、あの俊介が御陵コンツェルンのお嬢様と……」

「分《ぶん》不相応だよ、絶対釣り合ってねえじゃん」

「オレたちみたいなのとは住んでる世界が違うって」

雛乃の正体が判明した途端、友人たちは口々にそんなことを言い出した。美女と交際している俊介へのやっかみも含んでいるのだろうが、俊介も同感だ。雛乃と自分は、住んでいる世界も見ている景色もまるで違う。

「俺もそう思う」

俊介が頷くと、雛乃は「そうかしら」と呟いて、そっと目を伏せる。頬に影を作るほどに長い睫毛《まつげ》が、悲しげにふるりと震えた。


学部棟をあとにした俊介と雛乃は、適当にキャンパス内をブラブラして、学食へと移動してきた。

地下へと向かう階段を降りていくと五〇〇席以上ある、だだっ広い食堂がある。昼どきにはほぼ満席になってしまうのだが、この時間だとさすがに空いている。

初めて学食を訪れたという雛乃は、キョロキョロと周囲を見回して戸惑っている。

この学食は、やや複雑な構造をしているため、初心者にはハードルが高いのだ。

「トレイを持って、そこのメニュー見て何食べるか決めてからレーンに並ぶんですよ」

「なるほど、承知しました。では、本日は夕飯をここで済ませましょう」

「……ほんとにいいんですか？」

意気揚々とトレイを手に取った雛乃に、俊介は溜息をついた。

御陵家の食卓に何が並んでいるのか、俊介には想像することしかできないが、一〇〇円の素うどんよりはいいものを食しているに違いない。家に帰れば、きっともっと豪華なものが食べられるだろうに。

「あなたと同じものを注文することにします」

「後から文句言わないでくださいね」

俊介は悩んだ結果、無難にラーメンを選んだ。この世にラーメンとカレーが嫌いな人間はいない、というのは俊介の持論である。

券売機で食券を購入し、学食のおばちゃんからラーメンを受け取った雛乃は、慎重な足取りで席へと歩いていく。椅子に腰を下ろすと、ハーフアップにしていた髪を解いて、頭の後ろでポニーテールにまとめる。真っ白いうなじが露わになって、俊介の視線は自然とそこに吸い寄せられた。

「？　どうかしましたか」

「あ、いや」

雛乃に怪訝《けげん》な表情で見つめられて、俊介は慌てて目を逸らした。割り箸を咥えてパキンとふたつに割る。

雛乃は割り箸を割るのを失敗したらしく、片方が鋭利な槍のようになっていた。

「割り箸割るの下手くそっすね」とからかうと、軽くむくれてみせる。

ほかほかと湯気の立つ醤油ラーメンには、メンマとネギ、薄っぺらいチャーシューが二枚のっている。「いただきます」と手を合わせてから、雛乃はゆっくりとラーメンを口に運んだ。いつものように黙々と食べているが、食べるスピードが遅い。というより、麺を啜るのが下手くそなのだ。食事の際に音を立てるな、という教えのもとに育ってきたのかもしれない。

俊介がすっかり食べ終えたあとも、雛乃の鉢にはまだ半分以上残っていた。暑いのか頬を赤く染めて、首のあたりにうっすら汗の粒が浮かんでいる。はむはむとラーメンを食べていた雛乃は、手を止めて軽くこちらを睨みつけてきた。

「……そんなに見られていると、食べにくいです」

「いい眺めですよ。どうぞごゆっくり」

こうして一緒にラーメンを食べていると、相手が御陵コンツェルンのお嬢様だということを忘れそうになってしまう。割り箸を割るのが下手くそで、ラーメンが啜れなくて、ポニーテールが似合う可愛い女の子。

（……もし彼女がお嬢様じゃなくて、同じ大学に通う普通の女の子だったら。別の形で付き合うことも、あったんだろうか）

一瞬そんな想像をしてしまって、馬鹿げている、と自嘲《じちょう》した。目の前にいる女は、自分とは別の世界に住んでいるお嬢様だ。その事実は、どうあっても揺るがない。

麺が伸びてしまうのではないか、と心配になるほどの時間をかけて、雛乃はラーメンを食べ終えた。しゅるりとポニーテールを解いて、元通りのハーフアップに戻してしまったとき、俊介は内心がっかりした。

「ごちそうさまでした。美味しかったです」

「え、マジですか」

「ええ、たまにはいいものですね。他のメニューも食べたくなりました」

「お嬢様もラーメンとか食べるんすね。庶民の味がお口に合ったなら幸いです」

冗談めかして俊介が言うと、雛乃はやや傷ついたように下唇を噛み締めるのがわかった。

「……俊介は、私のことをなんだと思ってるのかしら。そんな風に線を引かれるのは、少し寂しいです」

本来であれば、寂しい、だなんて思われる筋合いはない。俊介にとって、雛乃はただの雇用主だ。彼女に優しくするのも、相応の金を貰っているからだ。

それなのに、どうして——彼女が悲しそうにしていると、胸が苦しくなるのだろう。

（なんで、そんなに本気で寂しそうにするんだよ。金で繋がってる契約関係なんだから、冗談めかして「減点です」とでも言ってくれよ）

そんな言葉を飲み込んで、俊介はへらへら笑顔を取り繕う。「すみませんね」と答えた言葉は、やたらと薄っぺらく空虚に響いた。

第三章　お嬢さんは可愛い

七月最初の土曜日。五回目のデートは、悩んだ挙句にクラシックコンサートにした。普段の自分ならまず行かないような場所だが、お嬢様が楽しめそうなデートスポットが思いつかなかったのだ。

俊介はクラシックにはまったく詳しくなかったが、思っていたより楽しめた。高価そうな楽器で奏でられる美しい音楽を、涼しい場所で聴くのもまたいいものだ。コンサートが終わったあと、雛乃があれこれと蘊蓄を教えてくれるのも興味深かった。

コンサート場を後にした二人は、パフェが有名なフルーツパーラーに移動した。俊介は桃のパフェ、雛乃は苺のパフェを注文した。

雛乃からは「毎週こんなに甘いものを食べていては太りそうです」と言われたが、ゆっくり腰を落ち着けて会話できる場所が他に思いつかない。一人暮らしの大学生カップルならば、自分の部屋に彼女を連れ込むところなのだろうが、あんなに汚いアパートに雛乃を連れて行くつもりはない。

「……まあ、素敵。まるでルビーのような苺ですね」

本物のルビーを見たことがないので、俊介にはその比喩が適切かどうかわからない。目の前に置かれたパフェを見て、雛乃はうっとりしている。太る太ると文句を言いつつ、彼女だって俊介の提案するデートプランを採用しているのだ。

俊介は早速、自分のパフェの山を取り崩し始めた。グラスの中には、アイスクリームやブリュレやラスクやコンポートがこれでもかと詰め込まれている、豪華な桃のパフェだ。さすが、コーンフレークやスポンジでかさ増しするような姑息《こそく》な真似はしていない。あれはあれで結構美味いが。

雛乃が注文したパフェには、ツヤツヤと煌《きら》めく苺がたっぷり乗っている。彼女はハイブランドのバッグから最新型のスマホを取り出し、パフェの写真を一枚だけ撮影した。いつもはすぐに食べ始めるので、写真を撮るのは珍しいことだ。

不思議そうな俊介の視線に気付いたのか、雛乃はふふんと得意げに鼻を鳴らす。

「俊介、見てください。私もついにSNSなるものを始めたのです」

差し出されたスマホのディスプレイには、SNSのプロフィール画面が表示されている。写真やコメントを投稿するほかに、相互フォローであればビデオ通話やメッセージのやりとりもできるアプリだ。

もしや本名で登録していないだろうな、などと不安になったが、アカウント名は「ヒナ」となっていた。もしかすると、親しい人間からはそう呼ばれているのだろうか。

「椥辻さんにいろいろ教えていただいたのですよ」

一枚だけ投稿された写真には、笑顔の椥辻美紅と、澄ました顔の雛乃が映っている。指でハートマークを作った美女二人はなかなか眼福《がんぷく》だったが、それよりも俊介はお嬢様のネットリテラシーが気にかかった。

「ちゃんと鍵かけてますか？　公開アカでホイホイ自撮り投稿してないでしょうね」

「個人情報をネット上に投稿する危険性については、ある程度理解しているつもりです。きちんと非公開アカウントにしています」

ツンと答えた雛乃に、俊介はホッと胸を撫で下ろした。世の中には良からぬことを考える人間も数多くいるし、雛乃の美貌を不特定多数の人間に晒すのはあまりにも危険すぎる。

「俊介も登録しているのですか？」

「まあ、一応」

「もしよろしければ、フォローさせてください」

「いいっすよ。じゃあ俺からフォローしとくんで、フォロバしてください」

「ど、どうしたらいいのでしょうか」

スマホ片手にアワアワしている雛乃をよそに、自分のアカウントから［ヒナ］へフォローリクエストを送る。雛乃に操作を教えてやりつつ承認をしてもらい、こちらもフォローを返してもらった。

相互にフォローし合っている状態になると、アカウント名の横にハートマークが付くのがなんだか気恥ずかしい。いつもはそんなこと、微塵も気にしないのに。

雛乃のフォロー欄は俊介を含んで三人だけで、全員相互フォローだった。［みく］というアカウントが椥辻美紅のものだろう。もう一人の［政宗］という名のアカウントの存在が気にかかる。

（……これ、たぶん男だよな？　俺より先にフォローするような男って、一体誰だよ）

そんなことを考えて、ふいに胸がざわつく。俊介は思わず、口に出していた。

「雛乃さん。このアカウント、誰ですか？」

「ああ、それは石田のアカウントです」

「へ？　石田って……あの運転手の？」

「はい。彼の本名は石田政宗《まさむね》です」

「……はあ、そうすか。あのジィさんなら、まあいいか」

そう言ってから、はっと口を噤む。いいも悪いも、俊介に雛乃の交友関係を制限する資格などありはしないというのに。

しかし雛乃は特に気にした様子を見せず、「石田はものすごくSNSを使いこなしているのですよ」などと言って、俊介にスマホ画面を見せてくる。どうやら釣りが趣味らしく、海や魚や釣り仲間の写真がたくさん表示されていた。浜辺でBBQ《バーベキュー》をしている写真もあり、俊介よりよほどリア充している。

「あら、俊介は何も投稿していないのですね」

「俺はほぼ見るだけです。あとは通話機能使うぐらいですかね、通話料無料だし」

「そうなのですね。では、今度私と通話してください」

「は？」

巨大パフェの山を崩そうとしていた俊介は、ぴたりと手を止める。雛乃はスマホをバッグに片付けて、ニコリと微笑みかけてきた。

「恋人同士は、夜寝る前にベッドの中で通話をするものだと聞きました」

「いやー、どうでしょう。諸説ありますよ。そもそも俺んち布団ですし、ベッドで通話は無理ですね」

「揚げ足を取らないでください。とにかく、私はしてみたいのです。もちろん通話時間も恋人を演じていただくわけですから、時給は発生します」

「喜んでやりましょう」

わざわざ会ってデートしなくても、通話するだけで金が貰えるなんて、非常に美味しい話だ。突然乗り気になった俊介を見て、雛乃は不満げに腕組みをする。

「……ここ最近、勤務時間内の私への対応が雑になってきていませんか？　目に余るようでしたら減給も検討しますよ」

「気のせいですよ、愛しのマイハニー」

「ちっとも心がこもっていませんね、マイダーリン」

俊介はへらっと笑って、パフェに盛り付けられた桃のシャーベットをぱくりと頬張った。

◇◇◇

雛乃との通話は、水曜日の夜にすることになった。時刻は二三時。俊介の方から、雛乃に連絡することになっている。

バイトから帰宅した俊介は、風呂に入って寝る支度を整えてから、ＳＮＳのアプリを立ち上げた。布団の上に腰を下ろして、二三時ぴったりに発信ボタンを押す。さて、仕事の始まりだ。

「はい、御陵です」

「こんばんは、雛乃さん」

「こんばんは。時間ぴったりですね」

「もう寝る態勢ですか？」

「ええ、自室のベッドの上にいます」

　雛乃の言葉に、俊介は見たこともないお嬢様の私室を想像してみる。おそらく一流の調度品に囲まれ、天蓋付きのベッドで眠っているのだろう。今自分がいる四畳半のオンボロアパートと煎餅《せんべい》布団との違いを思って、俊介はこっそり溜息をついた。

「俊介は、今日は何をしていたのですか？」

「授業のあと、バイト行ってました」

「アルバイト？　どこで働いてらっしゃるの？」

「大学の近くにあるバーです。契約彼氏ほどじゃないですけど、まあまあ時給いいんですよ」

「そうなのですね。私も今度行ってみようかしら」

「いやいや、雛乃さんが来るような店じゃないですよ」

　俊介のバイト先はそれほど客層の悪くない落ち着いたバーだが、それでも夜の店であることに変わりはない。そもそも開店時間が一九時なので、雛乃の門限を考えると来店するのは不可能である。

「まあ。私に来られたら困る理由があるのですか？　念のために確認しますが、アルバイト先に女性はいますか?」

「なんでまた、そういう発想になるんですかね……。スタッフは男ばっかりだし、雛乃さんが気にするようなことは一切ないですよ」

俊介は答えた。スタッフは男ばかりという言葉に嘘はないが、たまに俊介目当ての女性客が来ることはある。まあ、面倒なことになりそうなので黙っておこう。

それにしても雛乃は、探りの入れ方が直球だ。少し前から思っていたが、恋人にするには意外と面倒臭いタイプなのかもしれない。契約彼氏とはいえ、不貞行為は絶対許さないということなのだろう。当然、そんなことをするつもりはないが。

「そんな心配しなくても、俺には雛乃さんしかいませんよ」

少なくとも、契約期間が終わるそのときまでは。こんなに割の良いバイトを、ふいにするつもりはさらさらないのだ。

電話の向こうで雛乃が黙り込んだ。あまりに長い沈黙なので、不思議に思って「雛乃さん?」と尋ねてみる。

「………あなたは、ま、またそうやって露骨に点数稼ぎをしようとして」

「あ、もしかしてときめいちゃいました?」

「と、ときめきません!　減点です!」

怒ったような声色だが、これは照れているときの声だな、と察することができた。

きっと今頃、頬が真っ赤になっているのだろう。顔が見えないのが惜しい。

ビデオ通話にしませんか、と提案しようか迷っていると——雛乃が「あっ」と小さく声をあげた。次の瞬間、ゴトン、という大きな衝撃音が聞こえる。

「雛乃さん？　どうしました？」

返事はない。何事かと思いスマホを耳から離してみると、ディスプレイに見知らぬ部屋が映し出されていた。巨大なクローゼットとドレッサー、ぎっしりと学術書が並んだ本棚。想像していたよりも、お嬢様らしい部屋ではない。

どうやらスマホがベッドから落ちた拍子に、ビデオがオンになってしまったらしい。少し離れたところに、雛乃の素足が見える。

「雛乃さん？　こんな時間に誰かとお話ししていたの？」

「ごめんなさい。大学の友人と、グループワークの打ち合わせをしていて……」

「そう。あまり遅くならないようにね」

雛乃が誰かと話す声が聞こえてくる。雛乃の家族——女性の声なので、母親あたりだろうか。まだ日付も変わる前だというのに、なかなか厳しい。

ほどなくして扉が閉まり、ぺたぺたという足音が近づいてくる。スマホを拾い上げたらしい雛乃の顔が、画面いっぱいに表示された。

「きゃっ」

雛乃が驚いたような声をあげた。画面に自分の顔が映っていることに気付いたのだろう。

普段はハーフアップに結われた髪はまっすぐ下ろされて、化粧っけのないすっぴんだ。清楚な真っ白いシルクのネグリジェを身につけた雛乃は、まるで女神のように美しい。ベッドの上には、水族館で購入したイルカのぬいぐるみが置いてあるのが見えた。

（こういう寝巻き、日常的に着てる人間、実在したんだな……）

俊介がまじまじと見惚れていると、雛乃は「ど、どうやって元に戻すのですか⁉」と慌てふためいている。

「いや、戻さなくてもいいっすよ……そのカッコ可愛いですね」

「キャーッ！　こ、こんなはしたない格好……と、殿方に見せるわけにはいきません！」

別に露出が多いわけではないのだが、お嬢様にとってはネグリジェは十分「はしたない格好」に含まれてしまうらしい。

大騒ぎの末、雛乃はようやくビデオをオフにした。ディスプレイが真っ黒に戻り、俊介はがっかりする。

「あー……可愛かったのに」

「わ、忘れてください！」

「いやいや、いいもん見せてもらってありがとうございます。いい夢見れそう」

「……ば、ばか！」

スマホから聞こえてくる声に、俊介は笑った。雛乃の「ばか」は、言い慣れていなさそうなところも含めて可愛い。普段は楚々としている彼女が罵倒の言葉を浴びせるのは、自分ぐらいのものだろう。

「あんまり騒いでたら、また怒られちゃいますよ。さっき、大丈夫でした？」

「あ、ええ……こんな時間に誰かと通話することなんてほぼありませんから、母に不審に思われたようですね」

答える雛乃の声は、やや暗い。もしかすると、家族とあまり上手くいっていないのだろうか。多少気になったが、彼女の家庭の事情に深入りするつもりはなかった。

「もっと早い時間の方がよかったですかね。今日はもう切りますか？」

「……問題ないとは思いますが、そうしましょう。お付き合いいただき、ありがとうございました」

「ええ、じゃあまた。今度は最初からビデオ通話にしましょうね」

「しません」

ぴしゃりとそう言われると同時に、少しの躊躇もなくブツッと通話が切れた。相変わらず、オンとオフの切り替えがはっきりした女だ。

俊介はごろりと布団に寝転ぶと、目を閉じた。瞼の裏側に、先ほど目にしたネグリジェ姿の雛乃が浮かんでくる。

（……いつか直接、見てみたいな）

そんな不埒な考えを、いやいやと頭を振って追い払う。雛乃のあんな姿を見られるのは、彼女の将来の夫だけなのだ。俊介に見る資格など、ありはしない。

シルクのネグリジェからすらりと伸びた脚が、天蓋付きのベッドの上に投げ出されるさまを想像してみる。その上にのしかかるのは、きっと俊介の知らない男だ。

「……あーもう、くそっ」

なんだか無性《むしょう》に腹が立ってきて、俊介は誰にともなく悪態をついた。会わずに金が貰えるなら、それに越したことはないと思っていたのに、今の俊介はどうしようもなく雛乃の顔が見たくなっている。

どうにも寝付けなくなった俊介は、スマホを開いて検索サイトを開いた。次回の雛乃とのデートコースの下調べをするためだ。

◇◇◇

七月の三連休初日、土曜日の午前九時四五分。

俊介の目の前で停車した白のロールスロイスから、雛乃が優雅に降りてきた。凶悪な初夏の日差しは、運転手の石田から差し掛けられた紺色の日傘によって遮られている。

「本日も、一八時にお迎えに参ります」

石田はそう言って、持っていた日傘を当然のように俊介に手渡した。これじゃあ彼氏じゃなくて従者じゃないですかね、と思いつつ、素直に日傘を受け取る。

石田が再び車に乗り込み、あっというまに走り去っていく。二人きりになった途端に、俊介は雛乃の姿を頭から爪先までじろじろ眺めた。

冷房の効いたロールスロイスでやってきたお嬢様は、この暑さだというのに涼しげな表情を浮かべている。黒髪ロングはいつものようにハーフアップに結われ、完璧な化粧は少しも崩れていない。本当に汗腺が存在するのか、不思議に思うほどだ。

服装は襟《えり》のついた清楚なブラウス、ふくらはぎが隠れるぐらいのタイトスカートにハイヒール。デートのとき、雛乃はたいてい上品なスカートやワンピースを着ていることが多い。よく似合っているし、俊介は彼女の服装に文句をつけたことはなかった。

しかし今日ばかりは、一言ばかり言いたくなる。

「お嬢さん、もしかしてその格好で行くつもりですか？」

「あら、何か問題でも？」

雛乃は眉ひとつ動かさず、首を傾げた。

本日の俊介と雛乃のデートの行き先は、さまざまなスポーツが楽しめるアミューズメント施設である。例に漏れず、〝大学生　デート　行き先〟で検索してヒットしたものだ。

今回ばかりは断られるかな、と思っていたのだが、雛乃はあっさりとOKを出した。誘っておいてなんだが、汗ひとつかかない深窓の令嬢が身体を動かしているところを、俊介は少しも想像できない。果たしてこの人は、走ったり跳んだりするんだろうか。おそらく俊介のように、遅刻ギリギリで電車に飛び乗ったりはしないのだろうが。

今日の雛乃の装いもお嬢様然としており、どう考えても運動に不向きである。ブラウスの胸元を指でつまんだ雛乃は、不思議そうに瞬きをしている。

「そんなスカートじゃ、マトモに走れないでしょ」

「……まあ。レンタルウェアなどはないのですか？」

「俺もあんまり詳しくないですけど、普通はないと思いますよ。靴ぐらいなら貸してもらえると思いますけど……そんなにガチらなくても、Tシャツにデニムとかでいいんじゃないですかね」

「そうなのですか。申し訳ありません、私も下調べが不十分でした。どこかで調達することにいたしましょう」

こういうとき、すぐに金で解決しようとするあたりがお嬢様である。お金持ちには、家に帰って着替える、などという発想はないのだ。

そのとき、時刻が一一時になった。俊介との距離をさりげなく詰めてきた雛乃は、「では、案内していただけますか」と微笑む。業務時間中の彼女の声のトーンは、いつもよりやや甘えた響きがある。

「え、どこに？」

「普段あまりカジュアルな格好をしないので、そういった衣服が売っているお店を知らないのです。よろしければ、俊介が連れて行ってください」

雛乃の言葉に、俊介は困ってしまった。俊介とて、女性のファッションに詳しいわけではない。それでも雇用主《こいびと》の命令《おねがい》とあれば、従わないわけにはいかないだろう。

「……承知しました、雛乃さん」

俊介はそう答えて、日傘を雛乃に差し掛ける。傘の影に入るようにこちらに寄り添ってきた彼女は、俊介の腕にそっと手を置いてきた。

俊介が雛乃を連れてきたのは、駅前にある女性向けのファッションビルだった。以前、香恋の荷物持ちに付き合わされた際に一度だけ来たことがある。

当時の記憶をたどりながら、香恋が買い物をしていた店に足を向ける。少々派手だが、動きやすい服のひとつやふたつあるだろう。雛乃が物珍しそうに、キョロキョロと店内を見回した。

「そういえば、以前お会いした……北山さん、でしたか。彼女もこういった格好をしていましたね」

「……そうでしたっけ」

「はい。おへそが出ていました」

別にやましい気持ちはないのだが、俊介は内心冷や汗をかいた。雛乃は妙に鋭いところがある。元カノとデートした場所に恋人を連れてくるのは、減点対象だろうか。気付かれないようにしなければ。

雛乃はハンガーラックにかかった丈の短いTシャツを手に取って、まじまじと眺める。着てみるのかと思いきや、彼女はすぐにそれをラックに戻した。

「あれ、買わないんですか」

「……そうですね。お、おへそが出るのは少し……」

「なんだ。見たかったのに」

「ば、ばか」

俊介の軽口に、雛乃は頬を赤らめる。はい、「ばか」いただきました。ちなみに、冗談ではなく半分本音だ。

雛乃は難しい顔をして、あれやこれやと服を手に取っては戻している。このままでは、アミューズメント施設に行く時間が遅くなってしまいそうだ。彼女の買い物に付き合うのも悪くない気分だったが、本日の目的はそれではない。

「これなんか、どうです？　試着してみたらどうですか？」

俊介は適当な服を手に取って、戸惑う雛乃に押し付けた。すぐさま飛んできた店員が、「おねえさん、めちゃめちゃ美人ですねー！　絶対似合いますよ！」などと言いながら、雛乃を試着室へと連行していく。

試着室の前で腕組みをして待っていると、中から雛乃の「俊介、そこにいますか…」という不安げな呼びかけが聞こえてきた。俊介は彼女を安心させるように、「いますよ」と返事をする。

「脱がすの手伝いましょうか。あ、サイズ大丈夫でした？　ウエスト入ります？」

「け、結構です！　もう、あなたって、本当にデリカシーのない……！」

カーテンの向こう側で真っ赤になって怒っている雛乃を想像して、俊介はこっそり笑みを溢す。ほどなくして、カーテンの隙間からひょっこりと雛乃が顔を出した。

「着替え終わりました？」

「終わりました、けど……少々脚が出すぎているような気もします」

もじもじしている雛乃をよそに、俊介は遠慮なく試着室のカーテンを開ける。これまでに見せたことのないカジュアルな装いの雛乃が姿を現す。

俊介が選んだのは、オーバーサイズのTシャツにデニムのショートパンツ、白のスニーカーだった。見た目も涼しげで動きやすそうだ。ショートパンツの裾からすらりと伸びた脚は眩しかったが、雛乃が気にするほど露出が多いわけではない。普段隠されている部分が見えているのはエロくていいな、と思ったが、口に出すのはやめておいた。

「可愛いですよ。俺は好きです」

俊介が言うと、雛乃ははにかんだように微笑んだ。真正面からその笑顔に撃ち抜かれて、俊介はぎくりとする。彼女が時折見せるこんな顔の方が、真っ白い太腿よりもよほど破壊力が高い。

「……では、これにします。すみません、このまま着ていくのでタグを切っていただけますか」

試着室から出てきた雛乃は颯爽とレジに向かい、合計金額を聞いて目を丸くしている。どうやら安さに驚愕しているようだ。おそらく普段彼女が着ている服とは、桁がひとつかふたつ違うのだろう。

彼女はいつものように、真っ黒なクレジットカードで会計を済ませた。先ほどまで着ていた服は、綺麗に畳んでショップバッグに入れられる。俊介は雛乃の代わりに、店員からそれを受け取った。

「それでは、参りましょうか」

雛乃はそう言って、俊介の手をぎゅっと握りしめる。隣を歩く彼女がなんだかやけに嬉しそうにしているので、不思議に思って問いかけた。

「楽しそうですね、雛乃さん」

「そう見えますか？　でも、たしかに普段しない格好をするのは、なんだか楽しいです」

「ふーん。コスプレみたいなもんですかね」

「たまにはスニーカーも、歩きやすくていいですね。俊介とお揃いですし」

言われて初めて、俊介も雛乃と似たような白のスニーカーを履いていることに気がついた。俊介の格好はシンプルなTシャツに古着のデニムだ。普段はまったく釣り合いが取れていないが、今日ばかりは隣にいてもそれほど違和感がないかもしれない。

（……まあ少なくとも、主人と従者には見えないだろうな）

踵のないスニーカーを履いている雛乃はいつもより背が低く、不思議と幼く見える。雛乃は手も小さいが足も小さい。こうして並べると、余計に大きさの違いが強調されてしまって、なんだか胸の奥がうずうずした。

◇◇◇

ファッションビルを後にした俊介と雛乃は、アミューズメント施設へと到着した。雛乃は物珍しいのか、キョロキョロと周囲を見回している。

受付を済ませた俊介は、彼女に向かって「とりあえず、何します？」と問いかけた。

「そもそも雛乃さんって、運動できるんですか？　もし無理なら、カラオケでもしましょうか」

「見くびらないでください。高校時代、体育の成績はずっと五段階評価の5でした。幼い頃はクラシックバレエを嗜んでいましたし、体の柔らかさや体幹、体力にも自信があります」

俊介の問いに、雛乃は得意げに胸を張ってみせる。お嬢様が汗を流しているところは想像できないが、優雅にバレエを踊っているところは容易く想像できた。おそらく運動神経もそれほど悪くないのだろう。

「俊介は、スポーツの経験は？」

「高一までバスケ部でしたよ。途中で辞めましたけど」

高校時代のある出来事がきっかけで、俊介は部活をするどころではなくなった。それ以来は帰宅部で、毎日勉強とアルバイトに明け暮れていたものだ。

辞めた理由を尋ねられたら面倒だなと思っていたのだが、雛乃はあっさり「そうでしたか」と言った。まあ部活を途中で辞めることなど、珍しいことではない。

「では、バスケットボールにしましょう」

「おっ。経験者に挑むとは、雛乃さんなかなかチャレンジャーですね」

「俊介の方こそ、ずいぶんとブランクがあるのでは？　油断していると足を掬《すく》われますよ」

雛乃はそう言って、挑発するような目つきで俊介を見上げてくる。どうやらお嬢様は意外と負けず嫌いらしい。俊介は笑って、「望むところですよ」と返してやった。


結論から言うと、雛乃の自信はただのハッタリではなかった。

１on１の勝負を何度かしてみたが、ドリブルもシュートもなかなか上手い。もっと手を抜いて接待プレイをしてやろうと思っていたのだが、その必要はなさそうだ。

ドリブルで脇を抜いてシュートを決めると、雛乃が悔しそうに「ああっ」と声をあげた。ブランクがあるとはいえ、俊介の運動神経はもともと悪くないし、人数の足りない試合の助っ人に駆り出されることもある。もちろん、無償では絶対やらないが。

雛乃の額はやや汗ばんでおり、ハアハアと肩で息をしている。お嬢様にもちゃんと汗腺が存在していたのだな、と安心してしまった。目の前にいるのは精巧なアンドロイドではなく、俊介と同じ人間だ。

「お、思っていたよりも動けないものですね……」

「いやいや。雛乃さん、普通に上手いですよ。びっくりしました」

「お世辞は結構です。まだ一本も決められていませんから！」

ディフェンスの構えをとる雛乃の頭の上から、ひょいっと3ポイントシュートを放った。シュパッと小気味良い音を立てて、ボールがネットを通り抜ける。雛乃はぐぬぬと悔しそうに歯噛みした。

「ハンデいります？」

「必要ありません！」

雛乃は「少々お待ちください！」と言って、ハーフアップの髪を解いた。そして、長い髪を頭の上でポニーテールにする。気合いを入れ直した、ということだろう。汗ばんだ白いうなじに黒い後《おく》れ毛《げ》が貼りついている。

「隙あり、です！」

思わず見惚れていると、あっさりドリブルで脇を抜かれた。あっと思う暇もなくシュートを決められる。

「わっ、入りました！」

見事なレイアップシュートを決めた雛乃は、はしゃいだ様子で飛び跳ねている。普段のクールさからは想像できない、無邪気な喜びようだ。

彼女がジャンプするのに合わせて、馬の尻尾のような髪もぴょこぴょこと跳ねる。

雛乃が笑っている、ただそれだけのことで俊介はその場から一歩も動けなくなる。

（……ああ、まずい）

ポニーテールのお嬢様は、ぼうっとしている俊介の手から、いとも容易くボールを奪う。そのまま再度シュートを入れた雛乃に向かって、俊介は大きな声で言った。

「……っ、ひ、卑怯っすよ！」

「まあ、人聞きの悪い……あなたがぼんやりしていたのが悪いのでしょう」

「雛乃さん、ポニーテール禁止！　元に戻してください！」

雛乃はニコッと笑って、「お断りします」と答える。その笑顔がやけに眩しくて目が離せなくて、棒立ちになっていた俊介はまたしてもボールを奪われてしまった。


バスケ対決を終えたあと、勝負に負けた代償として、俊介は雛乃にジュースを奢ってやった。もちろん後から経費で落とすので、なんの意味もない罰ゲームである。

ペットボトルのサイダーを飲み干したあと、ゴミ箱に放り込む。額に汗を掻《か》いた雛乃は、美味そうにオレンジジュースを飲んでいた。ポニーテールのうなじが、相変わらず眩しい。

だ。

「そうですね……では、あちらはどうでしょうか？」

雛乃が指さしたのは、施設の中央にあるスケートリンクだった。ローラースケートを履いた人々が、きゃあきゃあとはしゃいでリンクを滑っている。勢いあまって、盛大に転倒している人もいた。なかなか楽しそうではあったが、怪我でもされたら面倒だ。

「大丈夫ですか？　コケて怪我したりしません？」

「問題ありません。ローラースケートの経験はありませんが、バランス感覚には自信があります」

妙に自信満々だ。なんだか、余計に不安になってしまった。しかし運動神経は悪くなさそうだし、まあ大丈夫だろう。俊介は「気を付けてくださいね」と答え、雛乃とともに受付へと向かう。

受付でローラーシューズなどをレンタルして、スニーカーから履き替える。俊介もローラースケートの経験はなかったが、遠い昔、家族でアイススケートに出かけたことがある。シューズを履いてとりあえず立ち上がってみたが、意外となんとかなりそうだ。

「雛乃さん、立てます？」

ヘルメットとサポーターを身に着けた雛乃は、へっぴり腰でよたよたと立ち上がった。いつも背筋を伸ばして凛とした姿からは想像できないぐらい、情けない姿だ。にやにや笑っていると、雛乃は不満げに唇を尖らせた。

「……なんですか？」

「いいえ、何も？　お手伝いしますよ」

俊介は恭しくお辞儀をすると、大袈裟な仕草で雛乃の手を取る。よろめく雛乃をリンクまで連れて行くと、雛乃は「きゃあ！」と叫んで、思い切り抱きついてきた。柔らかな身体を受け止めながら、俊介は内心（役得だな）と思う。

「雛乃さん、大丈夫ですか？」

「こ、こ、こんなによく滑る場所で、こんな不安定な靴を履いて……ど、どうして皆さん平気な顔をしているのでしょうか……正気の沙汰ではありません」

「そういうスポーツですからねぇ」

雛乃はリンクの端にある手摺りに捕まって青ざめている。さて自分は大丈夫だろうかと、試しに一人で滑ってみたが、ものの数十秒でコツをつかんだ。トリプルアクセル、というわけにはいかないが、軽くジャンプする程度なら問題なくできそうだ。

華麗なスケーティングを見せている俊介を、雛乃は恨めしそうに見つめている。

「……あなたはどうして、なんでもソツなくこなすのかしら」

「お褒めいただき光栄です。不思議と、なんでもできちゃうんですよね」

「どうすれば、俊介のように滑れるのでしょうか？」

「そういうことなら、身体に教えて差し上げましょうか。手取り足取り」

「ばか！　け、結構です！　……きゃっ！」

言ったそばから転倒しそうになっている雛乃の身体を、俊介は慌てて支えてやる。雛乃は不安定な足元が恐ろしいのか、ぎゅうっと俊介にしがみついてきた。お嬢様の意外な弱点が愛らしく感じられて、俊介はこっそり笑みを零す。

（こうしてると、ほんとに普通の女の子なんだよなあ）

笑っている俊介に目敏《めざと》く気付いた雛乃は、上目遣いに睨みつけてきた。

「わ、笑わないでください！　自分でも、みっともないことはわかっています！」

「いや、全然……みっともなくないですよ。可愛いです」

「ま、またあなたはそうやって！」

「じっと立ってるより、動いてる方が楽ですよ。俺がちゃんと手ぇ握ってますから。ちょっと滑ってみましょう」

俊介は雛乃の両手を取ると、軽く引きながら後ろ向きに滑っていく。雛乃は相変わらずのへっぴり腰で、おそるおそる滑り始めた。

「足はハの字にして、踏み出すときに膝を曲げて。そうそう、上手です」

俊介が手を引いてやっているうちに、少しずつだが滑れるようになってきた。こわごわ下を向いている雛乃に、俊介は言う。

「ダメですよ、下向いたら。前見てください」

「は、はい」

雛乃は素直に顔を上げて、じっとこちらを見つめてくる。スケートをしているとは思えないほどの、怖いくらいに真剣な表情だ。ただの遊びなのだから、そこまで本気にならなくてもいいはずなのだが。しかし何事にも真面目に取り組む彼女の姿勢は、俊介にとって好ましいものだった。

雛乃は転倒するのを恐れて、すぐに視線が下を向いてしまう。再び俯いてしまった雛乃に向かって、俊介は声をかけた。

「雛乃さん、顔上げて。俺だけ見てて」

そう口に出してしまってから、今のはちょっとクサい恋愛ドラマの口説き文句みたいだったな、と一人で笑ってしまった。しかし雛乃は気付いた様子もなく、顔を上げてまっすぐにこちらを見つめてくる。

「……はい。俊介のことだけ、見ています」

黒々と澄んだ瞳に真正面から射貫《ぬ》かれて、何故だか心臓がぎゅっと痛くなる。視線が縫い付けられたように、彼女から目が離せない。しかし俊介は平静を装ったまま、小さな両手を握りしめていた。

三〇分ほどみっちり特訓をすると、雛乃は見違えるほど優雅に滑れるようになった。そのあとテニスやバッティングやダーツに興じ、俊介と雛乃はさんざん遊び尽くした。時刻は一七時四五分。そろそろ業務時間が終了し、運転手が彼女を迎えに来る頃である。

額の汗をハンカチで拭った雛乃は、ほうっと小さく息をついた。雛乃の運動神経と体力はなかなかのものだったが、半日動いてはしゃぎ回ったせいか、ややぐったりとしている。

「すみません。疲れちゃいました？」

「いえ、とても楽しかったです。こんなに汗をかいたのは久しぶり……明日は筋肉痛かもしれません」

「俺も、最近運動不足でしたからね。あー、腹減った」

「私もです。今日の夕食はきっと美味しいですね」

そう言って、二人で顔を見合わせて笑う。今日の雛乃はいつもより明るく、なんだか親しみやすいような気がした。カジュアルな服装と髪型のせいだろうか。

繋いだままの左手に、ほんの少しだけ力をこめてみる。業務終了まであと一五分。

もしも迎えが来たら、俊介はこの手を離さなければならない。

（……門限一九時は、ちょっと早いよなあ）

もしも雛乃が契約上の恋人でなければ、「晩飯でも一緒にどうですか」と誘っていたかもしれない。彼女と別れるのが名残《なごり》惜しい、と思っている自分に驚く。彼女とのデートは、ただの仕事でしかないのに。

俊介の内心の屈託《くったく》などつゆ知らず、雛乃はスニーカーの足元をじっと見つめながら言った。

「……私のこんな姿を見たら、石田は驚くかしら」

「あんまり年寄りに刺激与えたくないですね」

「私、実は彼の驚いた顔を見たことがないのです」

「じゃあ、驚かせてやりましょうか。ジィさんの心臓が止まらない程度に」

俊介が言うと、雛乃が「そうですね」と頷く。頭の後ろでポニーテールが揺れる。また、心臓の奥がおかしな音を立てて痛んだ。

俊介が凝視しているのに気付いたのか、雛乃はやや恥じらうように目を伏せた。繋いでいない方の手で、Tシャツの裾を弄りながら、もじもじと尋ねてくる。

「俊介は、どちらがお好きですか？」

「え？」

「……普段の服装と比べて……俊介は、その……こういう格好の方が、好きかしら？」

「俺はどっちも好きですよ。自分の好きなカッコするのが一番です」

雛乃の問いに、俊介は素直に答える。俊介自身は服装にこだわりがないし、本人が好きな服を好きなように着ればいいと思っている。

俊介の回答が意外だったのか、雛乃は不思議そうに瞬きをした。

「あら。好みなどは、ないのですか？」

「強《し》いて言うなら、何も着てないのが好き……イテッ」

「……ばか」

冗談めかしたセクハラ発言に、雛乃は頬を赤らめて、俊介の手の甲を軽くつねった。

やはり、雛乃の「ばか」は良い。このままだと癖になってしまいそうだ。とはいえやりすぎて嫌われないよう、ほどほどにしなくては。

俊介が「すみません」と謝ると、雛乃はくすくすと楽しげに笑みを溢す。今日の彼女は、いつもよりよく笑う。

「……こうしていると、なんだか普通の大学生になれたような気がします」

雛乃はそう言って、そっと俊介の腕に頭を預けてきた。ふわりと甘い香りが漂ってきて、俊介は腹の底から湧き上がってくる欲求を必死で抑え込む。

（勘違いするな。今俺の隣にいるのは、ただの雇用主だ）

どんな格好をして、どんな顔をして笑っていたとしても、俊介と雛乃のあいだに越えられない壁があることに変わりはない。彼女は御陵コンツェルンの令嬢で、自分は、しがない貧乏大学生だ。

「……どんな格好してても、雛乃さんは雛乃さんですよ」

俊介なりに、線を引いたつもりだった。雛乃は俊介の言葉をどう解釈したのか、「そうですか？」と嬉しそうに首を傾げる。ぎゅ、と握った手に知らず力がこもった。

そんなやりとりをしているうちに、白いロールスロイスが遠くから近づいてくるのが見えた。

雛乃は悪戯《いたずら》を思いついた子どものような顔をして、俊介の背後にさっと隠れる。雛乃の意図を察した俊介は、彼女に向かってにやりと笑ってみせた。

運転席から石田が降りてくる。ロマンスグレーの老紳士は、こちらに向かってうやうやしくお辞儀をした。

「雛乃様。お迎えにあがりまし……た……」

その瞬間、じゃじゃーん、とばかりに雛乃が俊介の前に飛び出す。Tシャツにショートパンツ姿の雛乃を見た石田は、目を皿のように真ん丸にして固まってしまった。今にも泡を吹いて倒れてしまいそうだ。

「ひ、ひ、ひ、ひ、雛乃様……その格好は」

期待以上の反応に、俊介は思わず吹き出す。こちらを振り向いた雛乃が、得意げな表情を浮かべている。俊介は笑って、「ドッキリ大成功」と親指を立ててやった。

◇◇◇

雛乃とのデートの翌日。彼女からメールが届いた。

[大学の試験期間に入りますから、次回のデートはお休みにしましょう。再来週のデートプランは、来週の水曜日までにメールで送っておいてください」

来週はどこに行こうかな、なんて考えていたところだったので、やや拍子抜けする。

スマホを片手に、俊介は自室の畳の上にゴロンと寝転がった。三連休も終わり、もう七月の後半。暑さは日に日に厳しくなるばかりで、俊介も躊躇なく部屋のエアコンを入れている。電気代をケチるよりも、熱中症で病院に運ばれる方が金がかかるからだ。

雛乃の言う通り、来週からは前期試験が始まる。必要な単位はほぼ取得し終えているし、留年の懸念はないが、学生の本分を疎《おろそ》かにするわけにはいかない。

俊介も試験勉強はしたいと思っていたし、ありがたく休ませてもらうことにしよう。

俊介は［了解です］と返信した。ほどなくして、メールが返ってくる。

［六月一一日～七月二〇日までの給与明細を添付します。念の為、内容に間違いがないか確認ください。支給日は七月二五日です］

給与明細。俊介の大好きな言葉のひとつである。そういえば当初の契約で、給料日は毎月二五日ということになったのだった。

本来ならばテンションが上がるところなのだが、あまりにも事務的な文面に俊介は、ややげんなりした。相変わらず、業務時間外は愛想のかけらもない女だ。デート中の彼女との温度差で風邪をひきそうである。昨日の甘えたような声と笑顔は、幻だったのだろうか。

（俺としばらく会えなくて寂しい、みたいな感情はないんですかね。……なんて、ないに決まってるか）

俊介はこっそり自嘲しつつ、添付されていたPDFファイルを開く。総支給額の下に内訳が書かれている。時給の他に食事代や交通費も含まれているため、思っていたよりも多い。俊介がしっかり摘要《てきよう》を書いたうえで、領収書を提出したからだ。

（……こんなにも心ときめかない給与明細は、生まれて初めてだな）

プレゼントしたイルカのぬいぐるみも、二人でケーキを分け合ったスイーツビュッフェも、大学で食べたラーメンも。すべて、［プレゼント代］［食事代］として経費精算されている。

そのすべてが彼女にとっては、恋人気分を盛り上げるための必要経費に過ぎない。わかっていたことだが、改めて形にされると少し気分が落ちた。理由は、自分でもよくわからない。

（いやいや、なにへコんでんだよ。金が貰えること以上に嬉しいことなんてないだろ……この世で一番尊く素晴らしいものは金だ）

俊介にとって、金以上に大事なものはない。ちなみに次点は健康だ。

俊介は起き上がると、試験勉強をすべくテーブルの上にテキストを広げた。が、今ひとつ集中できず、ちっとも頭に入ってこなかった。

◇◇◇

試験一週間前の図書館は、大勢の学生で溢れかえっていた。試験勉強をしている奴もいるし、期限ギリギリの課題に追われている奴もいる。ちなみに俊介は、提出すべき課題は既に片付けている。

涼しくて静かな場所で勉強しようかと思ったのだが、図書館にある自習スペースはすべて埋まっている。学部棟のラウンジやゼミの研究室も同様だろう。どうしたもんかね、と考えながら俊介は図書館をあとにした。

外に出た途端に、凶悪な日射しと茹《う》だるような熱気に包まれてげんなりする。ここ最近は、日中暑すぎて蝉《せみ》すら鳴いていない。そのうち蝉の鳴き声が秋の風物詩になってしまうんじゃないだろうか。

「あっ、俊介ー！」

ぼんやりしている俊介の背中に、何かが勢いよく突進してきた。「ぐえっ」といううめき声が漏れる。振り向かなくてもわかる、この騒がしい声は龍樹である。俊介はげんなりしながら答えた。

「俊介聞いてくれ、一大事だ！」

「なんだよ。明日の一二時提出締め切りのレポートが終わらないのか？　一〇〇〇円で手伝ってやってもいいぞ」

「バカ、終わってねーけどそれどころじゃないんだよ！　今、美紅ちゃんがウチの大学に来てるらしい！」

終わってないなら、それどころじゃないわけがないだろうに。色ボケしている龍樹にとっては、栂辻美紅以上に優先すべきことなどないのだろう。

俊介が「ふーん」と興味なさげに答えると、龍樹は鼻息荒く捲し立てる。

「さっき連絡きて、〝よかったら一緒にお昼でも食べませんか？〟だってさ！　これって絶対、脈あるよなあ！」

「おまえの脈の測り方、ガバガバだな……いつか医療ミス起こすぞ」

「今から図書館の前来るってさ！　何食いに行こうかなあ⁉　女子の好きそうなモンなんてわかんねーよ！」

「知らねえよ。学食でラーメンでも食えば？」

ぎゃあぎゃあうるさい龍樹をあしらっていると、向こうから軽やかな足取りで美紅が歩いてくるのが見えた。夏らしいオレンジカラーのノースリーブに、白のワイドパンツを合わせている。雛乃とタイプはまったく違うが、彼女にもどことなく品の良いお嬢様らしいオーラが漂っていた。

美紅に気付いた龍樹は、満面の笑みを浮かべてブンブンと手を振る。美紅はぱっと表情を輝かせて、こちらに駆け寄ってきた。

「たっちゃーん。急に呼び出してごめんなさい！」

「全然いいよ！　暇してたから！」

龍樹はデレデレと眉を下げている。レポートは大丈夫なのかと、よほど突っ込んでやりたかったが、黙っていた。美紅は隣にいる俊介の姿に気付いて、「あら」と目を丸くする。

「山科さん。合コン以来ですねー」

「栁辻サン、こんにちは。今日、どうしたんすか？　なんでウチの大学に？」

「うちのゼミの教授が、さっきまでここで講演会してたので、手伝いも兼ねて参加してたんです。ところで山科さん、雛乃ちゃんと一緒じゃないんですか？」

「え？」

突如出てきた雛乃の名前に、俊介は眉を寄せる。美紅は不思議そうに首を傾げた。

「今日雛乃ちゃんも一緒に来てたんですけど、たっちゃんとお昼食べるけど一緒にどう？　って誘ったら、山科さんと約束があるからって断られちゃったんです」

「あー……」

当然俊介は、雛乃と約束などしていない。ここに来ていることすら、今知ったのだ。

もしかすると雛乃は、龍樹のために気を利かせてくれたのかもしれない。とりあえず、話を合わせることにしよう。

「……そうそう。このあと、一緒に昼飯食う予定なんです」

「順調にラブラブしてますねー。わたしがセッティングした合コンがきっかけなんですから、感謝してくださいよお」

そう言って、美紅が誇らしげに胸を張る。俊介は「そうすね、あざす」とへらへら笑って答えた。

それにしても、うちの大学に来るなんて、雛乃は一言も言っていなかった。別に知らせる義務はないのだが、なんとなく腹の底にモヤッとしたものを感じる。

「ほんと、雛乃ちゃんと山科さんが付き合ってるなんてびっくりですよ！　難攻不落のお嬢様を落とすなんて、山科さんやるぅ」

美紅にぐりぐりと肘で突かれて、俊介は愛想笑いを浮かべる。

どうやら雛乃は、俊介との交際を周囲に伝えているらしい。下手に隠しておくより面倒ごとが少ないと判断したのかもしれないが、俊介は心配になった。俊介と付き合っていることが、婚約者の耳に入ったらどうするつもりなのだろうか。

（……そんなの、俺の心配することじゃないか）

雛乃の結婚がどうなろうが、契約が終わったあとのことなど知ったことではない。

美紅と話している俊介のことを、龍樹は恨みがましい目つきでじとっと睨みつけてくる。そろそろ、お邪魔虫は退散した方がいいだろう。

「じゃあ、俺はお嬢さ……雛乃さんのとこ行ってきます」

「はーい！　今度また四人で飲みに行きましょうねー」

「じゃあなー、俊介」

俊介が背を向けた瞬間に、龍樹はウキウキと「美紅ちゃん、何食べる？」と美紅に尋ねている。どうやら奴の頭からは、締め切りが迫ったレポートのことなどすっかり抜け落ちているらしい。もし締め切りギリギリで助けを求めてきたら、さっきの倍の値段をふっかけてやろう。

あてもなく歩き出した俊介は、知らず雛乃の姿をキャンパス内に探していた。何もしていなくても目立つ女だから、きっとすぐに見つかるだろう。

（あ、いた）

しばらく歩いたところで、噴水前にある案内板と睨めっこしている雛乃の後ろ姿を見つけた。

シンプルな白の半袖カッターシャツに、黒のタイトスカートを合わせている。いつもより地味でフォーマルなスタイルだが、教授の手伝いだからだろうか。桝辻美紅はもっとカジュアルな格好をしていたが。

しかし、地味な格好をしていても、やはり御陵雛乃は抜群に目立つ。ピンと伸びた背中に、行き交う学生たちがチラチラと視線を向けている。俊介はそれらを牽制するように、大股で歩いて彼女の隣に立った。

「こんにちは、お嬢さん」

声をかけると、雛乃はハーフアップの髪を揺らしてこちらを向いた。俊介の姿を認めると、驚いたように目を丸くする。しかし、それも束《つか》の間のことで、すぐに氷の仮面のような顔つきに戻ってしまった。

「ごきげんよう。山科さん、奇遇ですね」

「さっき、栁辻サンに会いましたよ。ウチの大学来てたんですね」

「ええ、教授の講演会があって」

「お嬢さんに会うのかって聞かれたんで、適当に話合わせときました」

俊介が言うと、雛乃はやや気まずそうに視線を彷徨わせる。

「……嘘に付き合わせてしまって、申し訳ありません。咄嗟《とっさ》にあなたの名前を出してしまいました」

「別にいいっすよ。龍樹に気ィ遣ってくれたんでしょ。あいつ、栁辻サンと二人でメシ食えるって浮かれてましたよ」

「喜んでいただけたなら、良かったです」

雛乃は涼しい顔で答える。俊介は先ほどまで雛乃が見ていた、大学内の案内板へと視線を移す。

「お嬢さん、こんなところで何してるんですか？　どっか行こうとしてます？」

「……学生食堂で、お昼をいただこうと思っています。先日のラーメンが美味しかったので」

雛乃の言葉に、俊介の気持ちはほんの少し浮き上がった。お世辞ではなく、俊介と一緒に食べたラーメンを美味しいと思ってくれたならば、嬉しいことだ。

「へえ。学食の場所、わかります？　案内しましょうか」

「いえ、結構です。あなたには関係のないことですから」

冷たい声でぴしゃりと撥《は》ね除けられて俊介は、ややムッとした。業務時間外の雛乃が冷たいのはいつものことだが、ここまできっぱり「関係ない」と言われるのは腹が立つ。

（業務時間外は恋人でもなんでもありません、ってか。こっちだって、タダ働きするつもりはねーけど）

「ああ、そうすか。じゃあ俺はこれで」

自分の口から出た声には、隠しきれない苛立ちが滲んでいた。

雛乃は「では」とお辞儀をして、颯爽と歩いていく。が、学食とは反対方向だ。追いかけて教えてやるべきか、一瞬悩んだ。

（……いや。わざわざ教えてやる義理もないか。関係ない、って言われたもんな）

そう思いつつも、俊介はいつまでも雛乃の後ろ姿を見守ってしまう。もしかすると彼女は方向音痴なのだろうか、やや不安げな様子でキョロキョロと周囲を見回している。

そのとき、背の高い軽薄そうな男が、雛乃に声をかけた。距離があるため、何を言ったのかはよくわからない。おそらく、何してんの、とか、きみ可愛いね、とか、そんなところだろう。雛乃は相変わらずクールな表情で男をあしらおうとしたが、奴はめげなかった。

尚もしつこく話しかけてくる男に、雛乃の表情が、どんどんうんざりしたものに変わっていく。

頭を下げて立ち去ろうとした雛乃の腕を、男が掴む。遠目からでも、雛乃の表情が恐怖に歪むのが見てとれた。

「雛乃さん！」

そこで、俊介の我慢に限界が訪れた。大きな声で名前を呼ぶと、小走りで雛乃のもとへと駆け寄る。男は反射的に、彼女の腕から手を離した。

「俊介……」

雛乃はやや戸惑ったように、俊介の名前を呼ぶ。俊介はニコッと笑って（営業用の笑顔だ。時給が発生しない場ではめったに見せない）、彼女に向かって言った。

「雛乃さん。俺もちょうど学食でメシ食おうと思ってたんで、一緒に行きましょう」

「は、はい」

「で。彼女に用があるなら、俺が代わりに聞くけど」

俊介は顔面に嘘くさい笑みを貼り付けたまま、男に向かって話しかけた。なにウチの雇用主に余計なちょっかいかけとんじゃい、という気持ちをこめて。

「い、いや……特に、何も」

男はモゴモゴと口籠もったあと、その場から逃げるように立ち去っていった。

「ありがとう、ございます……」

雛乃の頬が、ほっとしたように緩む。先ほど男に掴まれた腕を、左手で軽く撫でた。見知らぬ男に突然身体を触られるのは、さぞ恐ろしかっただろう。

「変な奴に絡まれたみたいで、大変でしたね。ウチの大学、そんなに治安悪くないはずなんですが」

「い、いえ……少し驚きました。中学の頃から女子校だったもので、男性にあまり慣れていなくて」

雛乃が女子校育ちなのは予想通りだ。どこへ行くにも運転手の送迎付きのお嬢様は、一人で繁華街をウロウロしないだろうし、強引なナンパに遭ったことなどないのかもしれない。

「大丈夫でした？」

俊介の問いかけに、雛乃は深々と身体を折りたたんで頭を下げた。大したことはしていないのに、そこまで恐縮されると居た堪れない。

「……お手数をおかけして、申し訳ありません」

「いやまあ、それはいいんですけど……」

（……じゃあ、何がよくないいんだ）

考えなくてもわかる。俊介が雛乃に腹を立てたのは、彼女に突き放されたように感じたからだ。少し躊躇ってから、俊介は素直に口に出した。

「〝関係ない〟って言われるのは、多少ヘコみますね」

俊介の言葉に、雛乃ははっとしたように口元を押さえる。申し訳なさそうに目を伏せると、驚くほど長い睫毛が白い頬に影を落とす。

「失礼しました。その……報酬が発生しない場で、あなたに恋人としての振る舞いを強要するのは申し訳ないかと」

「え？」

「あくまでも私とあなたの関係は、契約上のものですから」

雛乃の言葉を聞いて、ようやく腹落ちした。彼女の業務時間外の冷たい態度は、どうやら俊介を気遣ってのものだったらしい。

もともと、そういう割り切った関係を望んでいたはずだった。都合が良く後腐れがない、業務時間内のみの恋人関係。別に、業務時間外に馴れ合う必要はない。

……ないのだ、けれど。

「……別に。そこまで頑なにならなくても、いいんじゃないですかね」

「そう、でしょうか……」

「そうですよ。取引先の人間と仕事帰りにメシ食ったりするようなもんだと思えば……いや、それもなんか例えが変だな。えーと、仕事仲間？　上司と部下？」

俊介が言うと、雛乃はほんの僅かに唇の端を上げて微笑んだ。じっと凝視をしなければわからないような、儚《はかな》く薄い笑み。業務時間外の雛乃の笑顔を見たのは、初めてのことだった。

「……あなたは私と業務時間外に一緒にいることが、嫌ではないのですか？」

「別に、嫌じゃないっすよ。そりゃ今は仕事じゃないから、恋人のフリはしませんけどね。甘さは普段の五割減だと思ってください」

「業務時間中も、そこまで甘やかされているようには感じませんけれど」

「え、マジですか？　もっと甘やかせと？　うわあ、さすがお嬢さんは甘やかされ慣れてますねー」

俊介の言葉に、雛乃はやや不満げに唇を尖らせた。いつものデートの際に見せるような、子どもっぽい表情だ。業務時間外にそんな顔が見れたことが無性に嬉しくて、俊介は思わず破顔する。

にやにやしている俊介に向かって、雛乃がやや遠慮がちに切り出した。

「あの……もしあなたが、嫌ではないのなら」

「はい」

「……仕事仲間として、一緒に昼食をいただくのは……いかがでしょうか。残念ながら時給は発生しませんし、経費では落ちませんが」

「そうすね。構いませんよ、お嬢さん」

彼女との契約期間は、残りあと五ヶ月。決して短くはない時間なのだから、多少交流を深めるのもいいだろう。その方が、仕事もしやすくなるというものだ。

俊介は「じゃあ行きましょうか」と言って、学食に向かって歩き出す。黒のパンプスを履いた彼女は、やや早足で追いかけてきた。

「そういえばお嬢さん。さっき迷ってたみたいですけど、もしかして方向音痴なんですか？」

「違います。以前に通った道を思い出せなかっただけです」

「そういうのを方向音痴って言うんじゃないですかね」

「放っておいてください。俊介は、何を食べるのですか？」

「俺は一〇〇円の素うどんです。無料トッピングの天かすとネギを、死ぬほど入れるのが美味さの秘訣ですよ」

「まあ、うどんが一〇〇円で食べられるのですね……私もそれにしようかしら」

「別にいいですけど、食い慣れないモン食べて腹壊さないでくださいね」

そんな他愛もない会話を交わしながら、二人は肩を並べて歩いていく。業務時間内のような甘さはないやりとりだったけれど、何故だか妙に心地よく感じられた。

第四章　お嬢さんの恋心

日頃の努力の甲斐もあり、俊介はそつなく前期試験の日程をこなした。これから八月から九月末までのおよそ二ヶ月、長い夏休みが始まる。

例年通りならば、俊介は勉強しつつ、せっせとバイトに精を出しているはずだ。しかし今年の夏は、雛乃とのデートという重大な任務がある。夏休み中も特にペースは変えず、週に一回会う予定だ。

俊介はいつものようにデートプランを考え、雛乃にメールで送信した。普段ならばメールで「承知しました」とそっけない返事がくるだけだが、今回ばかりは様子が違った。「今お時間よろしいですか？」と断りを入れたうえで、わざわざ電話をかけてきたのだ。

「来週のデートプランですが……申し訳ありません、却下です」

「え？」

雛乃の言葉に、俊介は思わず訊き返していた。これまで特に異議なく採用されてばかりだったので、却下されるのは初めてだ。何かまずかっただろうかと、俊介は首を捻る。

「それなら、考え直しますけど……何がお気に召さなかったんですかね」

俊介が提案したデートスポットは、隣県にあるウォーターパークだった。さまざまな種類のプールに、巨大なウォータースライダーもある。前回のアミューズメント施設も嫌がられなかったので、特に問題はないだろうと思っていたのだが。

「私も、とても興味深いと思ったのですが……その、ああいった人の多い場所で、肌を露出するのは……は、恥ずかしい、です」

「ああ、なるほど。わかりました」

慎ましいお嬢様らしい考え方だ。非常に残念だけれど、そういうことなら仕方がない。もちろん雛乃の水着姿は見たかったが、俊介にとって雇用主の意向以上に優先すべきものはないのだ。

「じゃあプールとか海とか行かなくていいんで、俺にだけこっそり水着姿見せてくれません？」

「ばか」

間髪いれずに「ばか」が飛んできた。俊介のセクハラに対する雛乃の反応速度は、どんどん速くなっているようだ。

相手から見えないのをいいことに、俊介がニヤニヤしていると、雛乃がおずおずと切り出してきた。

「……俊介は、見たいのですか？　その……私の水着姿」

「え？　そりゃあ見たいですよ。当たり前でしょ」

　正直なところ、今回のデートも半分ぐらい（いや、ほんとは八割ぐらい）は雛乃の水着姿見たさで提案したようなものである。きっとさぞかし可愛いだろう。いくら契約上の恋人だろうが、彼女の水着は見たいに決まっている。

「でも、お嬢さんが嫌なら無理強《じ》いはしません。別のプラン考えますよ」

「……それでは、こういうのはいかがでしょうか」

　雛乃が提案したデートプランに、俊介は驚く。それでも断るなんて選択肢は当然存在せず、喜んでそれを受け入れた。

◇◇◇

　そして、訪れた週末。俊介は高級ホテルのラウンジで涼みながら、雛乃のことを待っていた。

　どうやらドリンクは無料のサービスらしく、調子に乗った俊介は普段頼まないレモネードを注文した。炭酸なしのレモンスカッシュのような味で、よくわからないが爽やかで美味い。

そのとき入口のドアが開いて、ワンピース姿の雛乃が入ってくる。いつもより、やや緊張した面持ちをしているようだ。傍らには、当然のように運転手の石田が控えていた。

「こんにちは、お嬢さん」

「……ごきげんよう。では、参りましょうか」

「はい」

俊介はレモネードを飲み干してフカフカのソファから立ち上がり、持ってきていたスポーツバッグを掴んだ。中には、先日ネットで買ったばかりの水着が入っている。

エレベーターに乗って、ホテルの最上階へと向かう。それぞれ更衣室に別れて、水着に着替えた。更衣室を出るとすぐ目の前に、立派なプールが現れる。俊介以外には誰もおらず、完全な貸し切り状態である。

（やっぱ、金持ちはやることのスケールが違うな……）

雛乃が提案したデートスポットは、ホテルの屋上にあるプールだった。デートのために、わざわざ貸し切ったのだという。

不特定多数の人間に肌を晒すのは嫌だが、俊介に見られるのは構わないらしい。雇用主からの信頼を勝ち得ているのはありがたいことだが、男としては喜んでいいのかわからない。まったく、危機感のないお嬢様だ。

透き通った水面が、真っ青な空とさんさんと輝く太陽の光を跳ね返して、キラキラ光っている。ホテルの前にある海へとそのまま繋がっているように見える、いわゆるインフィニティプールというやつだ。

ふと見ると、プールサイドにスーツ姿の石田が立っていた。この暑さのなかジャケットを羽織っているのに、汗ひとつかいていない。何か特別な訓練でも受けているのだろうか。俊介は彼に歩み寄り、声をかけた。

「石田さん。今日は帰らないんですか？」

「はい、本日は同席させていただきます」

何か問題でも？　とばかりにじろりと睨みつけられる。

なるほど。どこの馬の骨とも知らない男子大学生と、水着姿のお嬢様を二人きりにするのは、さすがに危険だと判断されたらしい。金を貰っている以上、妙な真似をするつもりはないが、賢明な判断だと思う。

「でも、それって石田さんの仕事なんです？　運転手でしょ？」

「私が好きでしていることですから。それに、働きに見合った報酬はいただいているつもりです」

「へー。もしかして、お嬢様のお守《も》りも給料分に含まれてるんですか？　大変ですね」

不躾《ぶしつけ》な俊介の発言に、石田は眼鏡をくいと片手で持ち上げた。どことなく、少年漫画に出てくる強い老人キャラみたいな風格がある。かつては凄腕の傭兵でした、なんて言われても驚かない。

「石田さんって、俺とお嬢さんの関係のことどう思ってんですか？　ほっといていいんです？」

ふと疑問に思い、俊介は尋ねてみた。冷静になって考えると、金で恋人を買うなどとんでもない奇行である。思えば石田は、恋人契約を結んだ一部始終を見ていたはずだが、野放しにしておいていいのだろうか。

俊介の問いに、石田は淡々と答えた。

「雛乃様のご意向に、私如きが口を出すつもりはありません」

「でも、このこと知ったらお嬢さんの親は……石田さんの雇い主は、怒るんじゃないですかね」

「……それはもちろん、そうでしょうね」

「お嬢さん、婚約者いるんでしょ？」

「……私は、御陵家に仕える身ではありますが……雛乃様の幸せ以上に、優先すべきことはありません」

温度のない機械のようだった石田の声色に、ほんの少し温かなものが混じる。この短いやりとりだけで、雛乃のことを本当に大事に思っているのだと、わかった。親代わりのようなものだ、という雛乃の言葉も嘘ではないのだろう。

「山科様とお会いになるときの雛乃様は、本当に楽しそうですから。雛乃様が笑っていることが、私の何よりの幸せなんです」

「……へえ。そうすか」

「短い間ですが、雛乃様のことをよろしくお願い致します」

そう言って、石田は俊介に向かって深々と頭を下げた。短い間、という言葉には、俊介に対する牽制が滲んでいる。しかしそれに気付かないふりをして、「はいはい」と笑ってみせた。

「お、お待たせいたしました」

そのとき、背後で雛乃の声が響いた。着替えが終わったのだ。勢いよく振り向いた俊介は——雛乃の姿を見て、露骨にがっかりした。

「……いやいや雛乃さん。なんでラッシュガード着てるんですか！」

俊介の言葉に、雛乃は恥ずかしそうに俯いた。

彼女は水着の上に、長袖のパーカータイプのラッシュガードを羽織っていた。ファスナーは上までしっかりと閉められており、上半身を完璧にガードしている。

「いざとなると、少し……恥ずかしくて」

「大丈夫ですよ、俺と石田さんしかいませんから」

「……で、では、脱ごうかしら。せっかく買ったのですものね」

「駄目です」

俊介の押しに負けそうになった雛乃を制止したのは、石田だった。眉間に皺を刻んだ運転手は、俊介と雛乃のあいだにずいっと割って入ってくる。

「雛乃様。先日雛乃様が購入された水着ですが、やはり少々露出が激しいかと」

「あら、石田も似合っていると言ってくれたではないですか」

「それは、そうですが……彼に見せるのは、少し危険ではないでしょうか」

そう言った石田は、チラリと俊介に視線を向けた。先ほどまでとは打って変わって、鬼のような形相でこちらを睨みつけている。

「俊介はちっとも危険ではないですよ」

「雛乃様。以前から繰り返し申し上げている通り、男は皆、狼なのです。それをお忘れなきよう」

「？　……わかりました」

雛乃はそう答えたが、よくわかっていないような顔をしていた。頭にハテナマークを浮かべながら、不思議そうにこちらに視線を向けてくる。

無垢な瞳に見つめられた俊介は、小さく肩を竦めることしかできなかった。自分の中に狼が潜んでいることは、否定できなかったからだ。

睨みを利かせている石田をよそに、俊介は雛乃の腕を軽く引いた。せっかくの貸し切りプールなのだから、楽しまなければ損である。ホテルのインフィニティプールを貸し切ることなど、おそらくこれからの人生で二度とない。

「雛乃さん、泳ぎましょうか。浮き輪とか借りられるんです？」

「え、ええ……でも、浮き輪がなくても泳げますよ。水泳は得意です」

「まあまあ、念の為にあった方がいいでしょ」

俊介に手を引かれた雛乃は、ぴょこぴょことポニーテールを揺らしながらついてくる。ラッシュガードは着ているものの、決して小さくない胸のふくらみはしっかり確認できるし、短いスカートから伸びる太腿は健康的で柔らかそうだ。長い髪をポニーテールにしているのも素晴らしい。やはり雛乃のポニーテールは最高だ。

（神様、ありがとうございます）

俊介は意味もなく神様に感謝した。無宗教のくせに、こんなときだけ都合のいいことだ。

さすがは高級ホテルということもあり、レンタルできる浮き輪の種類も豊富である。バスタオルも使い放題、ドリンクも飲み放題だ。貧乏性の俊介は、ただそれだけのことでテンションが上がった。

「あっ、雛乃さん。これにしましょう」

巨大な浮き輪を手に取って、雛乃にかぶせる。そのまま、「ちょっと失礼」と断ってから、雛乃の身体を肩の上に持ち上げた。想像以上に軽い。中身がちゃんと詰まっているのかと、心配になるほどだ。

「きゃっ、きゃあ！」

驚いて悲鳴をあげる雛乃を、ぽいっとプールの中に放り投げた。ばしゃんと小さな飛沫が跳ねる。それを追うように俊介もプールに飛び込む。

「お、お、お、驚かさないでください！　し、心臓が止まるかと思いました……！」

雛乃はぽかぽかと俊介の胸を叩いてくる。プールサイドにいる石田が般若《はんにゃ》の如き形相でこちらを見ていたが、知らないふりをする。俊介は片手を立てて、「すみません」と謝罪した。

「お詫びにエスコートしますよ、お姫様」

「当然です！」

膨れっ面の雛乃の浮き輪を引っ張ってやる。水温はほどよく低く、夏の暑さで火照った体をひんやりと冷ましてくれる。たまにはプールで泳ぐのもいいものだ。

「はあ、気持ち良いですね……」

「夏の贅沢の極みっすね」

雛乃は浮き輪に身体を預けて、うっとりと目を閉じている。青い海と空と一体になったプールは開放感があり、このままどこにでも行けてしまいそうな気がする。

しかし、いくら果てがないように見えたとしても、実際には限りがあるのだ。あっというまにプールの縁までやって来た二人は立ち止まる。下を見ると、溢れた水を受け止める排水溝があった。こういう構造になってたのか、と俊介は感心する。

「これ以上は、どこにも行けませんね」

雛乃がポツリと呟いた。その声が思いのほか暗い響きを孕んでいて、俊介は驚いて彼女の顔を見る。

浮き輪にしがみついた雛乃は、決して辿り着けない海の向こう側をじっと見つめていた。

（……欲しいものは何もかも手に入る、金持ちのお嬢様のくせに。なんで、そんな顔するんだよ）

俊介の胸に、嫉妬にも似たどす黒い感情が押し寄せてくる。しかしそれを表には出さず、俊介は手を伸ばして彼女の濡れた頬を拭ってやった。

「そういや、さっきビーチボールもありましたね。あとでビーチバレーしましょうか」

「あら、今度は負けませんよ」

俊介の言葉に、雛乃は微笑む。その笑顔には、先ほどまでの屈託はもう見えなかった。

恵まれているはずの彼女は、果たしてどこに行きたいと思っているのだろうか。それを尋ねてみたい気もしたが、俊介は何も言わなかった。


それから俊介と雛乃は、二人でプカプカと浮かんだり、はしゃいで水を掛け合ったり、ビーチバレーの勝負をしたりした。ラッシュガード越しでも雛乃の胸が揺れているのがわかって、着てなかったらさぞかし絶景だっただろうなあ、と残念に思った。

そのあと二人はテラスルームに移動して、ビーチベッドに腰を下ろした。石田がすかさず雛乃にバスタオルを差し出し、雛乃は自然にそれを受け取る。ずっと二人を見守っていた石田は、相変わらず汗ひとつかいていない。

「石田さんは泳がないんですか？」

「私は遠慮しておきます。文字通り、年寄りの冷や水ですからね」

「石田も水着を買えばよかったのに。このあいだ、私の水着を買うのに付き合ってもらったんですよ」

女性向けの水着売り場に同行する石田の姿を想像して、俊介は吹き出した。このお嬢様と運転手、ちょっと仲が良すぎないか。本物の父子でも、なかなか一緒に水着は買いに行かないぞ。

「雛乃さん、わざわざ水着買ったんですね」

「ええ、競泳用の水着しか持っていなかったもので」

「それはそれでエロ……いえ、なんでもないです」

石田の視線が怖かったので、皆までは言わなかった。もし口に出していたら、間違いなく「ばか」と言われていただろうが。

「たくさん種類があって迷いましたが……石田のおかげで、素敵なものが買えました」

「へー。どんなやつ買ったんです？」

「シンプルな白のビキニです。胸元にフリルがついています」

言われて、ビキニ姿の雛乃を想像してみる。上品な白のフリルは、さぞかし清楚な彼女に似合うだろう。想像した途端に、彼女の肌を覆うラッシュガードが憎らしくなってきた。

「見たかった……」

思いのほか、悲痛な声が出てしまった。見たかった。本当に、見たかった。

がっくりと項垂れた素直な俊介を見て、雛乃はキョロキョロと視線を彷徨わせる。

それから、コホン、とわざとらしい咳払いをした。

「……石田」

「はい、雛乃様」

「申し訳ないのだけど、私と俊介に飲み物を作ってきてくれないかしら？　生のパイナップルが入ったトロピカルドリンクをお願いします」

「かしこまりました」

恭しくお辞儀をした石田は、テラスルームの奥にあるドリンクコーナーへと向かう。彼の姿が見えなくなってから、雛乃がいそいそと俊介の隣へと移動してきた。腕と腕がくっつきそうな距離だ。

「あの、俊介」

「はい」

「……実は私も、せっかく水着を買ったのだから、俊介だけには見てもらいたかったのです」

「へ」

「……石田には、内緒ですよ？」

雛乃は小悪魔めいた仕草で、一本立てた人差し指を口元に当てた。まるで催眠術にかけられたように、ぼうっとした俊介は「ハイ」と頷く。

雛乃はラッシュガードのファスナーに手をかけた。まるで焦《じ》らすかのようにゆっくりと、それを下ろしていく。

雪のように真っ白な肌、綺麗な鎖骨の窪み。大きなふたつの山のあいだに刻まれた、くっきりとした谷間。ふくらみを包み込む白のフリル。きゅっとくびれた腰に、小さくて可愛い臍《へそ》。

そのすべてが目の前に晒されるさまを、俊介は馬鹿みたいに口を開けて眺めていた。

ビーチベッドの上に畳んだラッシュガードを置いた雛乃は、はにかんだように首を傾げる。

「い、いかがでしょうか？」

雛乃に問いかけられて、俊介は、はっと我に返った。いつものようにポーカーフェイスを取り繕おうと思ったが、みっともなく声が裏返る。

「あ、いや……たいへん……お似合いです」

「本当に？」

「はい。可愛いですよ」

「ふふ。ありがとうございます」

嬉しそうに微笑んだ雛乃の水着姿は、想像以上の破壊力だった。石田が「俊介に見せるのは危険だ」と言った気持ちがよくわかる。腹の中に飼った狼が暴れ出しそうだ。

水着姿の雛乃が、そっと距離を詰めてくる。濡れた肌と肌がぶつかる。柔らかなものが二の腕あたりに押し付けられて、俊介は内心ぎくりとした。理性がじりじりと擦り切れていくのがわかる。

「……やっぱ、貸し切りプールで正解でしたね」

「え？」

「雛乃さんのこんな格好、他の男に見せるのは嫌です」

俊介の言葉に、雛乃はキョトンと瞬きをする。

せめて、今だけは——契約期間が終わるそのときまでは、自分以外の人間に、こんなにも無防備な姿を見せないでほしい。そんなことを考えるのは、過ぎた願いだろうか。

(俺は本当は、彼女の素肌に触れる権利なんてない)

俊介は名残惜しく思いながらも、しっかりと雛乃の水着姿を網膜に焼き付ける。口うるさくて過保護な運転手が帰ってくる前に、彼女にラッシュガードを着せて、ファスナーを上まで閉めてやった。

◇◇◇

「今日もとっても楽しかったです。プールで泳ぐなんてずいぶん久しぶり」

「それはよろしゅうございました」

「でも、俊介は少々加減がなさすぎです。本気で水をかけてくるものだから、すっかりメイクが落ちてしまいました。プールに放り投げられたときはどうしようかと」

ハンドルを握った石田の背後で、雛乃がくすくすと楽しげに肩を揺らして笑った。彼女のそんな表情を見ると、石田の頬は自然と綻ぶ。

山科俊介とのデートのあと、雛乃はいつもあれこれと感想を話してくれる。イルカが可愛かった、映画が面白かった、ケーキが美味しかった、など。それを聞くのが、最近の石田の楽しみになりつつあった。

思えば昔は毎日こうだったな、と石田は過去を懐かしんで目を細めた。当時小学生だった雛乃は、学校での出来事を嬉しそうに話してくれたものだ。

幼少期から英才教育を受けていた雛乃は、バレエや生花、書道に英会話といった習い事に毎日追われていた。たまには友達と遊びたい、とぐずる彼女を宥《なだ》めたことも一度や二度ではない。

――いきたくないです。ひな、ゆりちゃんとあかねちゃんとあそびたい……。いしだ、だめですか？

当時の自分は、ぽろぽろと透明な涙をこぼす雛乃の頭を撫でて、習い事へと連れて行くことしかできなかった。

そんなことを繰り返しているうちに、いつしか雛乃はすべてを諦めたような目で、黙って車に乗るようになった。無邪気な笑みは次第に失せて、氷のように冷たい表情を浮かべるようになっていた。

……果たして自分の行動が正しかったのか否か、石田にはわからない。

それでも、ただひとつだけ言えることは。半世紀近く御陵家に仕える石田政宗にとって、御陵雛乃は自分の命よりも大事なお嬢様だということである。

かつては雛乃の父親の秘書をしていた石田だったが、雛乃が生まれてすぐに、彼女の専属運転手を任せられた。

幼い雛乃は自分のことを慕ってくれて、天使のような笑顔で「いしだ、いしだ」と呼んでくれた。おままごとに付き合わされたこともある。きっと、周囲の大人たちが構ってくれずに寂しかったのだろう。石田はそんな彼女のことを、目に入れても痛くないほど可愛がっていた。

それから一〇年以上の時を経て、雛乃は美しく聡明で心優しい女性に成長した。きっと彼女は父の決めた男性と、幸せな結婚をするのだろう。雛乃が嫁ぐその日のことを想像して、涙ながらに晩酌をすることもしばしばだった。

しかし手のかからない優等生だった雛乃が、突如として反乱を起こした。

――山科俊介さん、私の恋人になってください。もちろん報酬はお支払いします。

どこの馬の骨とも知らない男と、あろうことか恋人契約を結ぶと言い出したのだ。

当然のことながら、石田は心配した。雛乃が連れてきた男は今風の洒落た美青年（若い人たちはイケメン、とでも言うのだろうか）だったが、どことなく遊び慣れた雰囲気もあった。大事に見守ってきたお嬢様が、得体の知れない男の毒牙にかかるのでは、と思うと不安で仕方がなかった。

しかし石田の心配をよそに、雛乃は毎週楽しそうにデートに出掛け、満足そうに戻ってきた。話を聞く限りでは、プラトニックで健全なデートをしているらしい。手の早そうな顔をしているくせに意外である。

（しかし、まあ……よほど金目当ての碌《ろく》でなしかと思ったが、そうでもなさそうだ）

石田は今日初めて雛乃と俊介のデートを目の当《ま》たりにしたが、傍から見る二人は仲睦まじいカップルそのものだった。雛乃のことをあんな風に扱う男を、石田は今まで見たことがない。親しげに笑い合う姿を見ていると、彼らが契約関係にあるとは誰も思わないだろう。

雛乃が真剣に選んだ水着を、きっとあの男は見たのだろう。席を外して戻ってくると、デレデレと鼻の下を伸ばしていたから間違いない。あの生意気な若造め。しかし雛乃が幸せそうに微笑んでいたので、石田は何も言えなかった。

「来週は、一緒に夏祭りに行こうって言ってくれたんです。とっても楽しみ……」

バックミラーに映る雛乃は、少女のようにキラキラと瞳を輝かせて窓の外を眺めている。頬を紅潮させるその姿は、まさしく恋する乙女と呼ぶに相応しい。

――このこと知ったらお嬢さんの親は……石田さんの雇い主は、怒るんじゃないですかね。

俊介の言葉が蘇ってきて、石田は苦々しい気持ちになった。

当然、怒られるどころの話ではない。石田が黙っていたことが雇い主にバレては、きっと即刻首が飛ぶだろう。長年の恩を仇で返すのか、と罵られても仕方がない。

「俊介はどんな浴衣が好きかしら？　手持ちの小紋柄のものは、少し地味かもしれませんね」

俊介と契約を結んでからの雛乃は、かつてのように感情を豊かに表すようになった。笑ったり拗ねたり怒ったり、そんな雛乃の表情を取り戻したのは、紛れもなくあの男である。

しかしこの恋人契約は、ほんのひとときのモラトリアムである。今まで親に決められたレールの上をひたすらに歩いてきた雛乃の、ささやかな反乱。

契約期間が終われば、石田は雛乃を俊介から引き離し、定められた婚約者のもとへ連れていかなければならない。

雛乃は泣くだろうか。それとも、仕方がないと諦めたような顔をするだろうか。いずれにせよ、石田に選択肢などありはしない。それが御陵家に仕える自分の使命なのだから。

「ねえ石田。もしよろしければ、浴衣を選ぶのも手伝ってくれませんか？　とびきり素敵なものを新調したいのです」

しかし、かつてのように無邪気に微笑む雛乃を見ていると、少し未来《さき》の鬱屈《うっくつ》などうでもよくなってしまう。

「……ええ。もちろんです、雛乃様」

そう答える石田は今日も、彼らの関係の歪《いびつ》さに目を瞑るのだ。

御陵邸が近付くにつれて、雛乃の表情から次第に温度が失われていく。巨大な駐車場にロールスロイスを停め、後部座席の扉を開けて雛乃の手を取ったときには、彼女の瞳は氷のように冷たくなっていた。

◇◇◇

八月二週目の土曜日、恒例となった雛乃とのデートの日。本日のシフトは一四時から一八時だ。

駅前のロータリーで立っていた俊介の目の前で、白いロールスロイスが停まる。後部座席から降り立った雛乃は、運転手に手を引かれながら俊介の目の前にやってきた。

彼女が小さく首を傾けると、髪に飾られた簪《かんざし》がしゃらんっと鳴る。長い黒髪は後頭部で綺麗にまとめられていた。水着姿も最高だったが、これもなかなか良いものだ。

「ごきげんよう。俊介、どうかしら？」

「とてもよくお似合いですよ、雛乃さん」

俊介の言葉にはにかんだ雛乃は、レトロな古典柄の浴衣姿だった。日傘も浴衣に合わせたのか、洒落た和風のものになっている。紺色の浴衣は派手ではないが、上品で高級感がある。クリーム色の帯は複雑な形で結ばれており、脱がすのが大変そうだな、などと考えてしまった。脱がせる予定はないから、余計な心配だ。

「まさか、浴衣着てくるとは思いませんでした」

「ふふ。せっかくの夏祭りですから」

今日はここから少し離れた川沿いで、大規模な夏祭りが行われる。夜になれば花火も上がるのだが、雛乃の門限の都合上、花火の時間までは一緒にいられない。

しかし昼間でも出店などは出ているし、一度行ってみたかったという雛乃の言葉を聞いて、デートプランに組み込んでみたのだ。

「雛乃様。本日は暑さが厳しいですから、十分にお気をつけて。水分補給を忘れませぬよう」

「わかっています。子ども扱いしないで」

石田の言葉に、雛乃は拗ねてむくれてみせる。石田は「雛乃様をくれぐれもよろしくお願いします」と俊介に言ったあと、再びロールスロイスに乗り込んでいった。

凶悪な日差しは、じりじりと容赦なく二人に降り注いでいる。俊介はげんなりしつつ、雛乃の手を取った。

「あー、暑すぎてもう無理。雛乃さん、さっさと電車乗りましょう」

夏祭りの会場は、ここから少し離れた場所にある。会場近くは歩行者天国となっており車が停められないので、ここで待ち合わせをしたのだ。

俊介は雛乃と手を繋いだまま、駅の改札へと向かった。雛乃はカラカラと下駄を鳴らしてついてくる。そのまま改札を抜けようとすると、雛乃が「あの」と戸惑った声を出した。

「すみません。えっと……切符を購入しても良いでしょうか」

「え、雛乃さんＩＣカード持ってないんすか？」

「はい……あの、購入方法を教えていただいても？」

「あ、はい。もちろん」

俊介は雛乃を券売機の前に連れて行く。クレジットカードが使用できないことに動揺していたが、一応財布の中に現金も入っていたらしい。タッチパネルを操作して、無事に二六〇円の切符を購入した雛乃は、「買えました！」と誇らしげな顔をしていた。

「……普段、電車乗らないんですか？」

「そうですね、ほとんど乗った記憶がありません。大抵、石田が送迎してくれるので。あとはタクシーですね」

考えてみれば当然だ。どこに行くにもあの運転手の送迎つきなのだから、電車に乗る機会などほぼないだろう。日頃公共交通機関を駆使している俊介は、目から鱗が落ちたような気持ちだった。

「気が回らなくてすみません。電車、乗り方わかります？」

「も、問題ありません。経験はありませんが、知識はきちんとあります！」

雛乃はそう言ったが、どうにも不安だ。俊介もだんだん、彼女の行動パターンが読めてきた。

俊介に見守られるなか、雛乃は緊張の面持ちで、握りしめていた切符を自動改札機に通す。無事通過してほっとしたのも束の間、切符を取らずにそのまま行こうとするので、俊介は慌てて声をかけた。

「雛乃さん！　切符忘れてる！」

「えっ、あっ、そ、そうですね。失礼しました」

自動改札機から切符を抜いた雛乃は、再びそれをしっかりと握りしめた。なんだかこっちがドキドキしてしまう。まるで『はじめてのおつかい』を見ている気分だ。

俊介は事前にチャージしておいたICカードをかざして改札を通った。雛乃が羨ましそうな目つきでこちらを見てくる。

「あら、スマートですね……私もそれにしようかしら」

「ほとんど電車乗らないなら、いらないでしょ。雛乃さん、切符なくさないでくださいね」

「こ、子ども扱いしないでください！」

そう言って雛乃は膨れてみせたが、急に不安になったのか、いそいそと切符を財布の中にしまいこんだ。

雛乃の手を引いてホームへと向かう階段を上がると、ちょうど電車が到着したところだった。「乗りますよ」と声をかけてから車両に乗り込む。

夏祭りに向かう浴衣姿の女性の姿もちらほらあり、車内はそれなりに混雑していたが、ちょうど目の前の座席が空いていた。雛乃と並んで腰を下ろす。車内は少々冷房が効きすぎていて寒いぐらいだ。雛乃は落ち着かないのか、膝の上で不安げに拳をギュッと握りしめている。

二駅進んだところで、斜め向かいの扉から男性が入ってきた。まるで俳優のように端正な顔立ちをした長身のイケメンだ。顔だけでいくらでも金稼げそうだな、と思いつつ、俊介は視線をそちらに向ける。

男は一人ではなく、傍に女性を伴っていた。落ち着いた雰囲気のある、なかなかの美人だ。男に支えられるようにして車内に入ってきた彼女は華奢だったが、腹だけが大きく膨らんでいる。別に、ワンピースの中にスイカを隠しているわけではないだろう。妊婦なのだ。

「おねーさん。よかったら、ここどうぞ」

俊介は立ち上がると、妊婦に向かってそう声をかけた。彼女は驚いたように目を見開いたのち、「ありがとうございます。助かります」と丁寧に礼を言ってくれた。重そうな腹を抱えながら、空いた席へと腰を落ち着ける。

「あの、私も」

雛乃がそう言って立ち上がろうとするのを、イケメンは片手で軽く制した。真面目くさった顔で「大丈夫です。俺の腹の中は何も入ってないから」と言うと、女性は吹き出す。

俊介は雛乃の前の吊り革を掴んで立った。隣の夫婦は、ぽつぽつと小声で会話している。どうやら子どもの名前を考えているらしく、あれこれ候補を出していた。これは語呂がよくないとか、画数はどうだとか、なかなか楽しそうだ。身重《みおも》の妻を見つめる男の表情には、彼女を大事に思う感情が滲み出ていた。

そうこうしているうちに、目的の駅に到着してしまった。雛乃に向かって「降りますよ」と声をかけると、彼女は頷いて立ち上がる。

「あの、本当にありがとうございました」

最後に夫婦が、もう一度俊介に向かってそう言ってくれた。大したことはしていないが、感謝されるのは気分が良い。

電車から降りて、改札へと向かう階段を降りて行くと、雛乃がポツリと呟いた。

「先ほどのご夫婦、幸せそうでしたね。赤ちゃんのお名前、結局どうされるのでしょうか……」

「なんだ。雛乃さん、盗み聞きしてたんですか」

俊介がからかうように言うと、雛乃はややばつが悪そうに目を伏せた。

「し、自然と耳に入ってきただけです。俊介だって聞いていたのですよね？」

「隣に立ってたんで、そりゃあ」

「……とっても素敵な旦那さんでしたね。いいなあ」

雛乃がうっとりとした表情で、ほうっと溜息をつく。彼女にも、ああいう容姿の整った優しい男性と結婚したい、という願望があるのだろうか。

俊介はなんだか悔しくなってきた。自分の容姿に自信がないわけではないが、さすがにさっきの男には負ける。

「雛乃さんも、やっぱりああいうイケメンと結婚したいんですか？　もしかして面食い？」

「そういうわけでは……いえ、どうなのでしょう。あまり考えたことがありませんでした。完全に容姿を度外視しているわけではないと思いますが」

ほんの軽口のつもりが、思いのほか真剣に考え込まれてしまった。雛乃は頬に手を当てて、小さく首を傾げる。

「考えておきます。自分がどんな男性と結婚したいのか」

「そんな、真面目に答えてくれなくてもいいですよ。ちょっと気になっただけなんで」

「……そう、ですね。どうせ、私に選択肢はありませんものね」

そう言った雛乃の横顔はどこか悲しげで、俊介の胸は軋んだ音を立てる。彼女はそう遠くない未来に、俊介の知らない男と結婚するのだ。

「雛乃さんの婚約者、イケメンだといいですね」

そんな、心にもないことを口走る。こちらを見上げた雛乃が、じいっと俊介のことを見つめた。浴衣姿の彼女の唇は、いつもより濃い赤色をしている。口紅を塗っているのだろうか。

「……私。あなたのことも、とてもかっこいいと思います」

「お褒めにあずかり光栄です。たしかに、顔面の造形の良さはそれなりに自負してます」

「いえ、単に容姿の問題だけではなくて」

雛乃はそこで言葉を切ると、きゅっと目を細めて柔らかく笑んだ。

「先ほどのような場面で、妊婦さんに迷わず席を譲れるところも、素敵ですね」

「……いや、それは別に……普通のことでしょ」

そんなところを褒められると思っていなかったので、俊介は面食らった。

自分が座っているときに目の前に妊婦が現れたら、大抵の健康な人間は同じことをするのではないかと思う。現に、雛乃だって席を立とうとしたではないか。

「特別褒められるようなことじゃ、ないと思いますけどね」

「そうでしょうか。……それを当たり前のことだと思ってるところも、とっても素敵です」

ふわりと微笑んだ雛乃と目が合った瞬間に、電車の冷房で冷やされたはずの頬が、また熱を持っていく。突如として、繋いだ手に滲む汗が気になり始めた。

◇◇◇

雛乃が改札から上手く出られずに引っかかるというハプニングはあったものの、二人は無事に夏祭りの会場に到着した。

アスファルトが灼熱の太陽を跳ね返して、じりじりと肌が焦げつくような熱を感じる。空気を吸い込んでも身体の内側に熱気を溜め込むばかりで、息苦しくなるばかりだ。

げんなりしている俊介の隣に立つお嬢様は、浴衣姿だというのに汗ひとつかかず、日傘の下で涼しい顔をしている。

「……雛乃さん。暑くないんですか？」

「暑いです」

ちっとも暑そうには聞こえない声で、雛乃は答えた。もしかすると、彼女が着ている浴衣は特別製で、中にエアコンでも仕込まれているのかもしれない。

まだ早い時間ということもあり、心配していたほど混雑しているわけではない。しかし神社の境内《けいだい》へと続く参道にはずらりと出店が並んでおり、行き交う人々で賑やかだ。

真昼の日差しは厳しかったが、通行の邪魔になることを懸念したのか、雛乃は手に持っていた日傘を畳んだ。

「せっかくだし、参拝していきます？」

「ええ」

「はぐれないでくださいね。雛乃さん、方向音痴だから」

「方向音痴ではありません」

雛乃は唇を尖らせつつも、俊介の手をぎゅっと強く握りしめてくる。どこか不安げなその表情が可愛らしくて、俊介も小さな手をしっかりと握り返した。

二人並んで歩きながら、雛乃は物珍しそうにキョロキョロと出店を見回している。しょっちゅう足を止めては「なんだか良い匂いがしますね」「綺麗ですね」「楽しそうですね」などと言うものだから、なかなか前に進まない。しかし、煩わしいとは思わなかった。

「俊介、あれはなんですか？」

雛乃の目を引いたのは、飴細工《あめざいく》の屋台だった。棚の上にずらりと並べられた飴は、愛らしい動物や有名ゲームのキャラクターの形をしている。

「飴細工ですよ。見たことありません？」

「ええ、初めて見ました……まあ、これはペガサスかしら！　羽の形が非常に精巧です。この黄色い子はネコちゃんですか？　ほっぺたが丸くて可愛い……素晴らしい技術ですね」

世間知らずのお嬢様は、某ゲームの有名な電気鼠《ネズミ》を知らないらしい。雛乃に褒められて、屋台の店主は照れ臭そうに頬を掻いている。

楽しげにはしゃいでいる雛乃に向かって、「おねえちゃん、何か作ろうか?」と尋ねてきた。雛乃は嬉しそうに瞳を輝かせる。

「何をお願いしてもよろしいのでしょうか?」

「そんなに難しいもんじゃなけりゃ、作れるよ」

「ど、どうしましょう……」

雛乃は頬に手を当てて、真剣に考え込んでいる。決めかねたのか、俊介に「何がいいと思いますか?」と意見を求めてきた。

「そうですね……じゃ、イルカはどうですか?」

「え?」

「雛乃さん、好きでしょ?」

初めてのデートで水族館に行ったとき、イルカのぬいぐるみを愛おしそうに抱きしめていた彼女の姿を思い出す。頬を紅潮させた雛乃は、じっと俊介を見つめたまま頷いた。

「……はい、好きです」

自分に向けられた言葉ではないとわかっているのに、つい動揺してしまう。じりじりと照りつける太陽に、頭の中の何かが焼き切れるような感覚がする。

「では、イルカさんでお願いします」

「はいよ！」

雛乃のリクエストに威勢よく答えた店主は、白い飴を伸ばして丸め、ハサミを使って形を整える。ただの丸い塊だったものが、あっというまにイルカの形になっていく。器用な手つきで飴を操り、最後に黒い目を入れて、見事なイルカを完成させた。

「はい、完成」

「見事なお手並みでした。良いものを見せていただき、ありがとうございます」

雛乃はぺこりとお辞儀をすると、透明な袋に包まれた飴を両手で大事そうに受け取る。ぽってりとしたフォルムのイルカを見つめて、「可愛い」と頬を綻ばせた。そんな雛乃の姿が一番可愛い。

雛乃は飴の代金を支払い、再び歩き出した。歩きながら、嬉しそうにイルカを眺めている。

「本当に可愛いです。食べるのがもったいないぐらい」

「もったいないから、腐る前に食べてくださいよ」

「飴の賞味期限って、どのぐらいなのでしょうか？」

「三ヶ月か四ヶ月ってとこじゃないですかね」

「意外と長持ちするのですね。では、そのときにいただくことにしましょう」

雛乃の言葉を聞きながら、果たして四ヶ月は長いのだろうか、と俊介は考えていた。彼女との契約期間も、残り四ヶ月。契約で結ばれた自分たちの関係は、きっと飴細工と同じぐらいに甘くて儚い。

漠然とした鬱屈を感じていると、雛乃が嬉しそうに俊介の顔を覗き込んで言った。

「お祭りって、楽しいですね。ただ歩いてるだけでワクワクした気持ちになります。俊介は何も買わないのですか？」

「タコ焼きやわたあめに五〇〇円も出せないですよ。原価を想像すると寒気がします。とんでもないぼったくりだ」

「あなたらしいですね」

「雛乃さんはこういうとこ、来たことないんですか？」

「はい。花火も、いつも自宅のテラスから見ているだけでした」

自宅のテラスから花火を見られるとは、かなり贅沢な環境だ。必死の思いで場所取りをしている人間がいることなど、お嬢様はきっと知る由《よし》もないのだろう。

「……俊介と一緒に、花火が見られたらよかったのですが」

残念そうに俯いて、雛乃が呟く。彼女の門限は一九時だ。一九時半に打ち上げが開始される花火を、俊介と二人で見ることはできない。

（……いつか一緒に見ましょう、だなんて。守れもしない約束は、できないよな）

俊介は喉の奥に引っかかった言葉を飲み込んで、笑顔を取り繕う。

「将来結婚する人と一緒に見るといいですよ。楽しみに取っとくのも、いいんじゃないですかね」

「……そうですね」

そう言った雛乃の横顔は、どこか寂しげだった。


参拝をしたあと出店をひやかしていると、俊介は雛乃の異変に気が付いた。

繋いだ手が異常に熱い。頬もいつもより赤く火照《ほて》っている。はぁはぁと息が荒く、顔つきがぼうっとしている。

「……雛乃さん？」

名前を呼ぶと、雛乃は、はっとしたように顔を上げた。こちらを見つめる黒い瞳は、ぼんやりとして焦点が合っていない。ふらりとよろめいた体を慌てて支える。

「雛乃さん、ちょっと失礼」

ぺたりと額に手を当てる。汗ばんだ額は驚くほどに熱を持っていた。

「熱っ！　大丈夫ですか？　熱中症かな」

「いえ……」

雛乃はかぶりを振ったが、どう考えても様子がおかしい。よく考えると、こんな炎天下に日傘をささずウロウロしていたのだから、体調を崩したとしてもおかしくない。雛乃が涼しげな顔をしているので、全然気が付かなかった。鈍感な自分を殴り飛ばしたくなる。

「移動しますよ。どっか座りましょう」

俊介は雛乃を半ば抱えるようにして、木陰にあるベンチに座らせた。そばにあった自動販売機でスポーツドリンクを購入して、彼女に手渡す。

「とりあえず、これ飲んでください」

「……あの、ストローは？」

「すみません、今はお上品なこと言ってられないんで。このまま飲んでください」

雛乃は躊躇《ためら》いつつも、ペットボトルに口をつけて傾けた。こくこく、と真っ白い喉が微かに動く。二口ほど控えめに飲んだあと、ふうっと小さな息をついた。

「ありがとう、ございます……」

「ダメですよ。もっと飲んで」

「は、はい」

俊介に促されるまま、雛乃はなんとかスポーツドリンクを飲み干した。しかし、まだ頬は赤く染まったままだ。このまま炎天下を歩かせるのはまずいだろう。

「雛乃さん、帰りましょう」

「えっ。でもまだ時間が……」

「今日はもう業務終了です。ほら、石田さんに電話して」

雛乃は不服そうにしつつも、おとなしくスマートフォンを取り出した。渋々といった様子で、彼女の運転手に電話をかける。

「あ、石田？　雛乃です……少し、体調が悪くて……ええ、俊介がそばにいるので大丈夫。……わかりました、では待っています」

雛乃が電話を切った。俊介に向かって、「申し訳ありません」とすまなさそうに眉を下げる。

「これから駅に迎えに来てくれるそうです。三〇分ほどかかるようですが」

「じゃあ、駅に移動して休ませてもらいましょう」

駅までは再び電車で移動しなければならない。俊介はしばし考えたのち、雛乃に問いかけた。

「おんぶとお姫様抱っこ、どっちがいいすか」

「えっ。そ、それは……」

「そのカッコだと、おんぶは厳しそうですね。恥ずかしいと思いますけど、非常時なんで許してください」

かちんと固まっている雛乃をよそに、俊介は彼女の背中と膝の裏に腕を回して、ひょいと持ち上げる。突然横抱きにされた雛乃は「きゃあ！」と叫んで俊介の首に抱きついてきた。

「しゅっ、しゅ、俊介！　な、何をするのですか！　じ、自分で歩けます！」

「無理して倒れられたら困ります。金貰ってる以上、きっちり仕事はさせてもらいますよ」

仕事、という部分を強調して言うと、雛乃は黙り込んだ。不安定な姿勢が怖いのか、縋るように俊介にしがみついている。なかなか役得な体勢だったが、今はそれどころではない。

俊介は雛乃を抱えたまま、駅まで歩いた。駅に着くと雛乃を下ろして、ホームに到着した電車にすぐさま乗り込んだ。車内は混雑しており、雛乃はぐったりと俊介の身体にもたれかかっていた。辛《つら》そうな彼女を見ていると、こちらまで苦しくなる。

待ち合わせの駅に戻ってきたが、石田が迎えに来るまではまだ二〇分ほどかかる。俊介は駅員に頼んで、救護室で休ませてもらうことにした。冷房の効いた部屋に入って、ようやくほっと息をつく。

雛乃のために、もう一本スポーツドリンクを購入した。彼女は二口ほど飲んだあと、

「あなたも飲んでください」と俊介に押し付けてくる。たしかによく考えると、雛乃を抱えて歩いたせいで汗だくだし、喉がカラカラだ。

「口つけていいんすか。間接キスですけど」

「相手があなたならば、気にしません」

俊介も気にならない。雛乃がいいなら、と遠慮なく口をつけて飲んだ。甘くて冷たい液体がひやりと喉を通り抜けて腹に落ちる。ごくごくと飲み干すと、ようやく身体が冷えてきた。

涼しい場所にやってきたが、雛乃の手は未だ熱いままだ。横になった方がいいのかもしれないが、駅の救護室には二人掛けの椅子があるだけで、ベッドのようなものはなかった。

「雛乃さん、しんどくないですか？　帯緩めましょうか。浴衣脱ぐなら喜んで手伝いますよ」

「ばか」

ばか、と言う元気が出てきたのは喜ばしいことだ。俊介が「残念」と笑うと、雛乃も頬に薄い笑みを浮かべる。

「じゃあ、膝枕してあげましょうか。男の膝じゃ硬くて意味ないか」

「……では……肩を、貸していただけますでしょうか」

「もちろん、喜んで」

俊介が答えると、こてん、肩に僅かな重みを感じた。雛乃がもたれかかってきたのだ。やっぱり軽いなと思いつつ、優しく背中を撫でてやる。瞼を下ろした雛乃が、ゆっくりと口を開く。

「……考えて、みたのですが」

「はい？」

「私がどんな人と結婚したいのか、ということです」

「……どうしたんですか、いきなり」

ずいぶん前の話題を蒸し返すものだ。俊介が面食らっていると、雛乃は目を閉じたまま、囁くような声で呟いた。

「……私、あなたみたいな人と結婚したい……」

「……」

お嬢様が、おそらく勇気を出して絞り出したであろうその台詞を、俊介は聞かなかったことにした。

素知らぬ顔で腕時計を確認して、「石田さん、そろそろ来ますかね」だなんて白々《しらじら》しい台詞を吐く。俊介の肩に頭を預けたままの雛乃は、何も言わなかった。

そのあと俊介は、血相を変えて飛んできた石田に、雛乃を引き渡した。申し訳なさそうにしている雛乃を見送ると、電車に乗って、まっすぐ自宅アパートへと帰ってきた。

晩飯を食べてシャワーを浴びると、時刻は二〇時だった。今頃、夏の夜空には盛大な花火が打ち上げられているのだろう。ぼんやりしていると、テーブルの上に置いていたスマホが鳴る。

見ると、アプリに雛乃からのメッセージが届いていた。「お疲れ様です。本日はご迷惑をかけて申し訳ありませんでした」という簡素な詫びの言葉の下に、花火の写真が一枚。おそらく、自宅のテラスから撮影したものだろう。スマホの性能が良いこともあるのだろうが、見事な光景である。

（……来年の彼女はきっと、俺の知らない男と花火を見るんだろうな）

そんなことを考えると、胸の奥を掻き毟《むし》りたいような衝動に襲われる。こみ上げてくる苦々しい感情を飲み込んで、「お大事に」とだけ返信をした。

第五章　お嬢さんにはわからない

　八月最後の土曜日。夏休み三回目のデートは、美術館の特別展に行った。

　雛乃との仕事《デート》が始まってはや三ヶ月、契約期間もそろそろ折り返し地点だ。デートの定番をそろそろやり尽くしてきた感がある。世の中のカップルは、毎週毎週飽きもせずどこに行っているのだろうか。恋人と一緒にいると、それがどこであっても楽しいということなのか。

（それは正直、わからなくもない）

　芸術のことなど、まるでわからない俊介だったが、クラシックコンサート同様、涼しい場所で高価な芸術品を眺めるのも良いものだ。隣で雛乃が小声で解説を加えてくれるのもありがたく、思いのほか楽しめた。

　雛乃と二人で行くと、それがどこであっても楽しい。その事実は、いまさら疑いようもなくなっていた。

「……こちらの絵画が、この作者の代表作です。夕陽を背景にした田園風景が美しく描かれてはいますが、実際には悪政のもと、生活に困窮する農民を風刺したものですね」

囁くような声が耳をくすぐる。雛乃の声のトーンは心地よく、ずっと聞いていたいような気さえする。俊介はふむふむと頷きながら、目の前の絵画を眺めた。

繊細なタッチで描かれた美しい絵画を見ているときも、俊介が考えるのは金のことだ。無粋《ぶすい》だと思いつつも、雛乃に尋ねてみる。

「これ、いくらぐらいするんですかね？」

「そうですね……簡単に値段はつけられないでしょうが、もしオークションに出せば数億はくだらないのではないかしら」

「うげえ」

「世間には、どれだけお金を出しても手に入れたい、という好事家《こうずか》がたくさんいますから」

「……はー。そういう酔狂な金持ちの考えることは、俺みたいな貧乏人には理解できないですね。描いた人間には一銭も入らないあたり、余計に虚しいな」

芸術というのは不思議なものだ。ただの紙切れ同然だった絵画が、名が売れた途端に数億の値打ちがつく。しかもこの画家は生前はまったくの無名で、没後に評価されたという。死んでから得る名声に意味があるのだろうか、と俊介は思う。

「生前の彼は世間に認められることなく早逝したそうですが、死ぬまで絵を描き続けたそうです。ひたすらに絵を描きたい、という情熱があったのではないでしょうか」

「……馬鹿馬鹿しい。情熱だけじゃ生きていけないでしょうに」

「彼にとっては、お金よりも大事なものだったのでしょう。絵を描くことが生きることだったのかもしれませんね」

「死んだら、なんの意味もないですよ……金さえあれば、死なずに済んだのに」

俊介の口から溢れた言葉は、思いのほか暗く重たく響いた。

雛乃の澄んだ瞳がこちらを見据えていることに気付いて、はっと我に返る。すぐに、へらへら笑いを取り繕った。

「俺はできれば、生きてるうちにせいぜい稼ぎたいですね。死んでからじゃ美味いモンも食えないし」

「それもまた、立派な心掛けです。大事なものは人それぞれですから」

雛乃は俊介の考え方を否定せず、至極《しごく》真面目な顔で頷いてくれた。彼女は俊介のことを、ケチだの守銭奴だのと馬鹿にしたりしない。それだけのことで、なんだかほんの少し救われたような気さえした。

美術館を出たあと、二人は近くにあるジェラート専門店へと移動した。夏のデザートはやはり冷たいものに限る。甘いものに目がない雛乃は、さんざん悩んだあとピスタチオとバニラを選んでいた。

銀のスプーンでマンゴーとミルクのジェラートをつついていると、テーブルの上に置いてあるスマホが鳴った。目線だけでディスプレイを確認すると、［母］と表示されている。一体なんの用事なのか気になったが、業務時間中のため当然無視をする。

「どなたですか？　出ていただいても構いませんよ」

雛乃は言ったが、俊介はかぶりを振った。一分ほどで鳴り止《や》んだスマホを、バッグの中に片付ける。

「失礼しました。母親です。あとでかけ直すんで、大丈夫ですよ」

「俊介のお母様？　そういえば、俊介のご家族の話を聞いたことがほとんどありませんでしたね。ご実家はどちらですか？」

「東北です。めったに帰りませんけどね」

「妹さんがいらっしゃるのでしょう？　お父様はどのようなお仕事を？　俊介は母親似ですか？　父親似ですか？」

雛乃は矢継ぎ早に問いかけると、興味深そうに身を乗り出してきた。無神経な質問だな、と俊介は内心苛立つ。お嬢様の瞳が好奇心で輝いていることには気付いていたが、俊介は知らないふりをする。

「別に、雛乃さんが聞いても面白くない話ですよ」

話したがらない俊介の空気を察したのか、雛乃はそれ以上深入りはしてこなかった。

しかし、やや寂しげな表情で、軽く下唇を噛み締めている。

そんな顔を見ていたくなくて、俊介は慌てて「すみません」と詫びる。

「ちょっとキツく言い過ぎました。でも、俺の家族の話なんてつまんないでしょ」

「そんなことはありません」

俊介は言ったが、雛乃は退《ひ》かなかった。背筋を伸ばして、まっすぐにこちらを見つめている。

「私は、俊介のことをもっと知りたいのです。ご家族のことだけではなく、いつもどんなところで過ごして、どんなご友人がいて、どんなことをお話ししているのか。だから、たくさん教えてください」

「……俺の、こと？」

「あなたが大事にしているものを、私も大事にしたいのです」

少しの衒《てら》いもなくそんなことを言われると、なんだか胸の奥がむず痒くなる。

互いのことを知ったところで、遠からず終わりが訪れる関係だというのに。ただの暇潰しの恋人ごっこに、どうしてここまで全力を注げるのか不思議で仕方ない。

（……俺にとって、金以上に大事なものなんてない）

俯いた俊介は、ガラスの器に入ったジェラートをスプーンでつつく。鮮やかなオレンジ色をしたマンゴージェラートが、どろりと溶けて崩れた。

◇◇◇

雛乃とのデートを終えてアパートに帰宅したのは、一九時前だった。夕暮れにはまだ早く、窓の外はほの明るい。部屋には昼間の熱気がこもっていて、俊介は慌ててエアコンのスイッチを入れた。

先ほど雛乃とカフェで高級ジェラートを食べたが、少々小腹が空いたため、素麺《そうめん》を茹でることにした。扇風機のスイッチを入れ、鍋をコンロにかけて湯を沸かす。途端に体温が上がり、じりじりと額に汗が滲んできた。

沸騰するのを待っているあいだに、畳の上に放置していたスマホが鳴り響いた。ディスプレイに表示された文字を確認してから、受信ボタンを押す。

「……何?」

「何、じゃないでしょ。夕方に電話したの、気付いてた?」

「あー、ごめんごめん」

電話の向こうで響く声は、故郷にいる俊介の母のものだった。仕事《デート》が終わったらかけ直そうと思っていたのに、すっかり忘れていた。

母は時折こうして連絡を寄越してくるが、電話をかけてくることは滅多にない。母の声を聞くのは、今年の正月に帰省して以来のことだった。

「毎日暑いけど、元気にしてる？　ちゃんとごはん食べてるの？」

「食ってる食ってる。今から素麺茹でて食う」

「ちゃんと野菜も食べるのよ。栄養のつくもの食べないと、夏バテするからね」

早口でまくしたてるような口調は、実家にいるときにはよく聞いたものだ。初対面の人間からは怒っているように思われがちだが、これが母のデフォルトである。

「母さんは？　元気にしてた？」

「まあまあよ。こっちも暑すぎて、昨日はさすがに一晩中クーラー入れたわね」

「そういや、わざわざ電話かけてくるってことは、何か用事？」

ぐつぐつと煮えたぎった湯の中に素麺を放り込みながら、俊介は尋ねた。母は本来の目的を思い出したのか、「そうそう」と続ける。

「俊介、一一月の三連休は帰ってくる？」

「え、なんかあったっけ」

俊介の地元は、東京から新幹線で一時間半ほどの場所にある。決して遠くはないが、気軽に帰れる距離ではないし、交通費の出費も痛い。理由はそれだけではないのだが、俊介はだいたい年末年始にしか帰省しないことにしている。

「父さんの七回忌なんだけど」

なんてことのない口調で、母が切り出した。

俊介は電話の向こうに動揺を悟られぬよう、ゆっくりと唇を湿らせる。鍋から湯が吹きこぼれていたため、慌ててコンロの火を止めた。

（……七回忌。もう、そんなに経つのか）

当時のことを思い出すと、今でも喉の奥から胃液がこみ上げてくるような感覚がする。あれから六年もの月日が経ち、当時高校生だった俊介は二二歳になった。もう、世の中の不条理を呪って泣き喚いたりしない。

「……ああ。帰るよ」

「そう、わかった。じゃあそのつもりで準備しておくわ」

母はあっけらかんと答えた。父があんな死に方をしたというのに、母は意外とさっぱりしている。俊介は未だに父の話題には、できるだけ触れないようにしているというのに。

茹で上がった素麺をザルに移し、水で軽く洗い流す。額に滲んだ汗をTシャツの袖で拭うと、母に向かって「じゃあ切るから」と言った。すると母が慌てたような声を出す。

「あっ、待ちなさい。まだ話は終わってないのよ！」

「まだなんかあんの？」

「母さん、来週の日曜に知り合いの結婚式でそっちに行くんだけど、よかったら泊めてくれない？」

「別にいいけど」

「よかった！　宿代も馬鹿にならないものね。せっかくだから、土曜日に東京観光でもしようかな。俊介、案内してくれる？」

「土曜日は……」

当然、雛乃とのデートの予定がある。が、彼女の門限は一九時だ。おそらく夜までには解散することになるだろう。

「昼間はバイトだけど、夜から空《あ》いてる」

雛乃とのデートはれっきとした時給が発生しているのだから、嘘はついていない。肝心なことを伏せただけだ。

「じゃあ、お昼は一人でウロウロしてるわね。どこかで合流して、一緒に晩ごはん食べましょう。また連絡するわ」

母はそう言って、一方的に電話を切った。言いたいことを言って満足したらしい。

久しぶりに父のことを思い出して、俊介の気持ちはまるで鉛を飲み込んだかのように重く沈んでいく。落ち込んだ気分を誤魔化すように素麺をすすったが、妙に味気なく感じられた。

◇◇◇

翌週の土曜日。俊介と雛乃は、月島《つきしま》にあるもんじゃ焼き専門店にやって来ていた。俊介一人では絶対に訪れないような、高級感のある店構えである。メニュー表を開いたお嬢様は、キラキラと好奇心に瞳を輝かせていた。

本日のデートは、悩んだ結果の「ベタな東京観光デート」だ。もんじゃ焼きを食べたあとは浅草寺《せんそうじ》に行って、それからスカイツリーに上る予定だ。ちなみに、スカイツリーに行きたいと言い出したのは雛乃である。高所恐怖症の俊介は渋ったが、雇用主《こいびと》のたっての希望とあらば仕方ない。

「私、もんじゃ焼きを食べるのは初めてです」

「意外と食べる機会ないっすよね。俺も、何年か前に食べたきりです」

俊介と雛乃は相談の末、定番のもち明太子と、ホタテやエビなどが入った豪華な海鮮もんじゃを注文した。後者を選んだのは俊介である。どうせ食べるなら、値段が高いものの方がいい。

土曜日の昼食どきの店内は、そこそこ混雑していた。ちょうど入ってきた観光客らしき家族連れが「満席なので、しばらくお待ちいただけますか」と言われている。そうえば、母も昼間は観光すると言っていたが、どこで昼食をとっているのだろうか。きっと、こんな高い店には訪れないだろう。

しばらくすると、店員がもんじゃ焼きの具材を運んできた。どうやら、このまま焼いてくれるらしい。目の前の鉄板に油を薄く引き、海鮮等の生ものを炒め、野菜を炒める。それらの具材をヘラで刻みながら炒めたらドーナツ型の土手を作り、中央に生地を入れる。全体を薄く広くのばし、少しぷつぷつと表面がしてきたら完成だ。香ばしい香りが漂ってきて、食欲をそそる。

最初はわくわくと見つめていた雛乃の表情が、次第に神妙なものに変わっていく。最終的には、怪訝《けげん》そうに眉間に皺を寄せていた。

「どうしたんですか、雛乃さん」

「いえ、その……こ、これは、これで完成なのでしょうか？」

雛乃が鉄板の上のもんじゃ焼きを指さして、おそるおそる尋ねてくる。

たしかに、この状態を最初に〝完成〟だと定義した人間は、なかなか凄い。俊介も初めて見たときは、これはこのまま食べても大丈夫なのかと、不安になってしまったものだ。

インパクトのある見た目に慄いている雛乃に、俊介は「無理そうなら、我慢して食うことないですよ」と言う。しかし、雛乃はぶんぶんとかぶりを振った。

「……いいえ！　何事も、見た目で判断してはなりません。人類の食文化が発展してきたのも、勇気を持ってさまざまなものを食してきた先人たちのおかげなのですから」

俊介は思わず吹き出した。まさか、もんじゃ焼きから人類の食文化の発展の話になるとは。

相変わらず変なところで真面目なお嬢様は、覚悟を決めた表情で「いただきます」と両手を合わせる。小さなヘラでもんじゃ焼きをすくって、おそるおそる口に運んだ。火傷《やけど》をしないかとハラハラしてしまう。

ぎゅっと目を閉じて、ぱくりともんじゃ焼きを頬張った雛乃は、驚いたように大きく目を見開いた。

「……とっても美味しいです」

「あ、そうすか。それなら良かったです」

雛乃の反応に、俊介はホッと胸を撫で下ろした。俊介も一口食べてみたが、豪華な具材がたっぷり入った熱々のもんじゃは、とても美味かった。さすが、高級店なだけのことはある。

「海鮮も良いですが、お餅と明太子もよく合いますね」

「間違いない組み合わせですよね。チーズ入ってるのも美味いっすよ」

「まあ、それも美味しそう……」

雛乃がお行儀よくもんじゃ焼きを口に運びながら、満足げに頷く。二人で二枚注文して食べきれるだろうかと思っていたのだが、雛乃は二種類のもんじゃを半分ずつぺろりと平らげた。

「雛乃さん、意外と食べますよね」

「ええ。注文したものを残すのは、勿体《もったい》ないでしょう」

「…もったいない、ね」

さらりと答えた雛乃に、俊介は苦笑した。何もかも恵まれたお嬢様が口にする「もったいない」は、俊介のそれとは少し種類が違う気がする。具体的にどこがかはわからないが、本質的な部分が。

◇◇◇

もんじゃ焼きを食べたあと、俊介と雛乃はタクシーで浅草寺に移動した。〝雷門〟と書かれた巨大な提灯の前には、スマートフォンを手に撮影をする観光客が大勢いる。

テレビ番組や旅行ガイド誌でよく目にする光景だが、実際に訪れるのは二度目だ。三年前の夏休み、東京に遊びに来た母と妹にせがまれてやって来たのが最後である。

「雛乃さん、浅草は初めてじゃないですよね」

俊介は雛乃に白い日傘をさしかけながら尋ねる。マリン風のワンピースにストラップつきのサンダルを合わせた雛乃の装いは、まさしく夏のお嬢さん、という感じだ。見た目は涼しげだったが、先日倒れた前例があるため、日差し対策はしっかりしておかなければ。

「はい。小学生の頃、遠足で訪れたことがあります」

「うわ。東京の人は遠足でこんなとこ来るんだな……」

自分の小学生時代のことを思い返してみたが、遠足の行き先は大抵、山だった。ちなみに俊介の地元は雄大な大自然に囲まれた田舎だ。自然が豊かすぎて、もはや自然しかない。

雛乃はバッグからスマートフォンを取り出して、雷門に向かってカシャカシャと何度かシャッターを切った。きっとのちほどSNSに投稿するのだろう。

雛乃のSNSには、俊介のデートで撮影した写真がたくさんアップされている。顔は映っていなくとも、俊介の存在が感じられるような写真も多くあり、なんとなく気恥ずかしくなる。とはいえ、彼女の投稿を見ているのはフォロワーである俊介と栁辻美紅、そして石田だけである。

「そこの素敵なおにーさんとおねーさん！　人力車乗っていきませんか⁉」

人力車《じんりきしや》を引いた男が、雛乃に向かって声をかける。健康的にこんがり日焼けしており、なかなか逞しい体躯である。

雛乃が見惚れていたら嫌だな、と思ったが、彼女は男の立派な筋肉に反応を示さなかった。マッチョ好きというわけではないらしい。場合によっては筋トレをするつもりだったが、その必要はなさそうだ。

「どうします？　乗ります？」

「そうですね……興味はありますが、本日は遠慮しておきます。申し訳ありません」

雛乃はそう言って、人力車の男に向かってぺこりと頭を下げる。男はニコニコ笑って「またよろしくねー！」と去っていった。雛乃はその後ろ姿を見送りながら、ぽつりと呟く。

「あれを引いて走るのは、大変そうですね。あちらに、女性の俥夫《しやふ》の方もいらっしゃいますよ」

「そうですね。キツいしトーク力も求められるし大変ですよ。この時期は暑くて死にそうだし」

「まあ。俊介は俥夫の経験があるのですか？」

「一昨年の夏にちょっとだけ」

金の亡者である俊介は、ありとあらゆるアルバイトを経験してきた。場所は浅草ではなかったが、知り合いの紹介で人力車のアルバイトをしたことがある。外面の良い俊介はなかなか稼ぎが良かったが、体力的にきつかったので二度とやらないだろう。

「俊介はさまざまなアルバイトをしているのですね……」

「雛乃さん、アルバイトの経験は？」

「大学で、試験監督のお手伝いをしたぐらいかしら。自力でお金を稼いだことはほとんどありません」

「まじすか。俺なんか、暇さえあれば働いてますよ。ひどいときなんかバイト五つ掛け持ちしてました」

「本当ですか？　俊介は立派ですね……私も見習わないと」

澄みきった瞳で、少しの衒いもなく褒め言葉を口にした雛乃に、俊介は僅かに苛立った。お金持ちのお嬢様にとっては、アルバイトも人生経験のひとつに過ぎないのだろうか。こちらは生活がかかっているというのに。

（別に俺だって、楽しくてバイトばっかりしてるわけじゃない。うなるほど金があるなら、好き好んで働かねーよ）

そんな内心の屈託を抑え込んで、俊介は笑みを浮かべる。「行きましょうか」と言って、彼女と手を繋いで歩き出した。

雷門をくぐると、歴史情緒を感じさせる〝仲見世通り〟という商店街が現れる。雛乃はあれこれ目移りしながらも、人形焼を購入していた。その場で食べるのかと思いきや、「石田へのお土産です。彼は、意外と甘いものが好きなのですよ」とはにかむ。どうやら、お嬢様は食べ歩きをしない主義らしい。

仲見世通りを抜けると、本堂の前にもくもくと煙の立ち上る煙が見えた。溢れんばかりの人だかりができており、皆一様に煙を浴びようとしている。

「前から気になってたんですけど……あれ、なんなんすか？」

「あれは常香炉《じょうこうろ》といって、参拝者の身体を清めるための仏具です。あの煙を身体の悪いところにかけると良くなる、という言い伝えがあります」

「へー、さすが雛乃さん。じゃあ、俺は特にかけるとこないですね。健康だし、顔も頭も良いですし」

「ええ。たしかにそうですね」

「あの、ボケ殺しやめてください」

真顔で頷いた雛乃に、俊介は顔を顰める。冗談のつもりだったので、突っ込まれないとちょっと困る。これではただのナルシストの痛い男だ。

せっかく来たのでと線香を買い、香炉に立てて煙を浴びることにした。どこに煙をかけようかと考える。

「……性根《しょうね》を良くするには、どこにかければいいんですかね」

「あら、直す必要はありませんよ。俊介はそのままで、十分素敵です」

雛乃はさらりと言ったが、俊介は戸惑った。買い被りもいいところだ。彼女の目に映る山科俊介は、いったいどれだけ美化されているのだろうか。

「今度石田と一緒に来ることにします。最近、腰が痛いと言っていましたから」

そう言って微笑む雛乃の方が、よほど非の打ち所がない優しい人間だ。一緒にいると、自分の醜悪さを思い知らされるほどに。

ぼんやりしていると、とん、と背中に軽い衝撃を感じだ。どうやら誰かとぶつかってしまったらしい。「すみません」と詫びて振り向いた俊介は、次の瞬間ぎょっと目を剥《む》いた。

「……母さん？」

「あら、俊介！　こんなところで何やってるの⁉」

そこに立っていた女性は、俊介の母親だった。よほど驚いたのか、こちらを向いて口をあんぐり開けている。たしかに東京観光をするとは言っていたが、まさかこんなところで遭遇するとは。

「今日、バイトじゃなかったの？」

「えーと……まあ」

俊介は目を泳がせる。どう説明しようかと考えていると、俊介の後ろから雛乃がひょっこりと顔を出した。

「あら？　俊介、そちらのお嬢さんは？」

そこでようやく母は雛乃の存在に気付いたらしく、不思議そうに瞬きをする。俊介が口を開くより先に、雛乃が深々と頭を下げた。

「ご挨拶が遅くなり申し訳ありません。御陵雛乃と申します」

「はじめまして、俊介の母です」

母は雛乃に向かってニッコリ笑いかけたあと、もの言いたげに俊介にチラリと視線を向けた。あれこれ尋ねたいのを我慢しているのかもしれない。おそらく、俊介と雛乃の関係を気にしているのだ。少し悩んだがこの状況では、恋人だと紹介しておいた方が面倒がないだろう。

「……母さん。この人、雛乃さん。俺の彼女。ちょっと前から付き合ってる」

「あ、やっぱり⁉　もー、なんで言わないのよ。わざわざバイトって嘘つかなくてもいいのに」

母はそう言って、俊介の背中をバシバシと叩いた。俊介にしてみれば嘘をついたつもりはないのだが、そう捉えられてしまっても仕方がない。

「とっても綺麗なお嬢さんねー！　俊介、やるわねえ。アンタ、父さんに似て顔だけは良いものね」

あまり嬉しくない褒められ方である。俊介がぶすっとしていると、雛乃が優雅な所作で母の手を取った。まるで姫をエスコートする王子のようだ。

「俊介さんのお母様にお会いできて、光栄です。もしよろしければ、このあと一緒に東京スカイツリーに参りませんか？」

「ひ、雛乃さん！」

とんでもない提案をした雛乃に、俊介は泡を食う。一応雛乃とのデートには給料が発生しているのに、自分の母親を同席させるなんて申し訳なさすぎる。

雛乃はそんな俊介の反応を意に介さず、美しい笑みを浮かべている。そのあまりの眩さに、母はしぱしぱと瞬きをしていた。

「も、もちろん構わないけど……お邪魔じゃないかしら」

「いいえ、ちっとも！　私の方こそ、せっかくお母様が東京にいらっしゃったのに、邪魔をして申し訳ありません」

「いや、雛乃さん……それはさすがに」

「俊介。私、お母様とスカイツリーに行きたいです。行きましょう」

キラキラと瞳を輝かせながらそう言われると、もはや俊介に反論の余地はない。雇用主《こいびと》の命令《おねがい》は絶対、である。

お嬢様の可愛いワガママに、俊介は素直に「かしこまりました」と承伏する。そんな二人のやり取りを見て、母はやや訝《いぶか》しげに眉を寄せていた。

◇◇◇

浅草寺を後にした三人は、タクシーに乗って東京スカイツリーまでやって来た。躊躇いなくタクシーという移動手段を選んだ雛乃に、母は驚いたようだった。俊介も普段ならば、タクシーという選択肢が生活の中に組み込まれていない。あの距離ならば、どう考えても歩く。

スカイツリーに入るためのチケットも、雛乃がさっさと三人分を支払ってしまった。恐縮する母が財布を出しても、「気になさらないでください。大した金額じゃありませんから」と笑っていた。お嬢様にとっては文字通り端金《はしたがね》なのだろうが、母は大いに戸惑っていた。

しかし、エレベーターで展望デッキまでやって来ると、目の前に広がる景観に、母ははしゃいだ声をあげた。

「わあ、すごいすごい！　高いわねー！」

雛乃はその傍らで、「素晴らしい景観ですね」と頷いている。

「お母様、向こうに富士山が見えますよ」

「あらあ、こんなに離れててもよく見えるものねー。いい天気で良かったわ。そうだ、俊介、写真撮って」

母に手渡されたスマホを構えると、母は「雛乃さんも一緒に」と雛乃の袖を引く。ピースサインを作る母の隣で、雛乃はぎこちなく微笑んだ。俊介はカメラのシャッターボタンを押す。母が使っている格安スマホの画質は今ひとつで、富士山がほとんど映っていない。

「俊介、私のスマートフォンでも撮影してください」

今度は雛乃がスマホを渡してきた。雛乃が使っている最新機種のスマホは高画質で、富士山を背景にした見事な2ショットを収めることができた。

「それにしても、東京って都会ねえ。大きなビルばっかりだわ」

「お母様、あちらが俊介さんの通う大学です」

「えっ、どれどれ？」

二人は楽しげに東京の街を見下ろしていたが、俊介は頑としてその場から動かない。雛乃のリクエストでなければ、こんなところには絶対来なかった。

何が悲しくて、金を払って高所に上らなければならないのか。世の中には酔狂な人間がたくさんいるものだ。ナントカと煙は高いところが好き、と負け惜しみのひとつも言ってやりたくなる。

「俊介も来てください」

「ちょっと、あんたもこっち来なさいよ」

雇用主と母から《こいびと》しつこく手招きをされ、俊介は渋々ガラス窓へと近付いた。あらためて自分のいる場所を自覚すると、下を見てもいないのに、なんだか足が竦むような感覚がした。思わず隣にいた雛乃の腕を掴むと、彼女はくすりと笑みを零す。

「そんなに心配しなくても、落ちませんよ」

「わ、わかってますよ」

「そういえばこの上に、ガラス床の展望回廊があるそうなのですが。そちらにも参りましょうか」

「……」

ガラス床の上を歩くなんて、想像しただけで寒気がしてきた。無言のまま青ざめた俊介を見て、雛乃は「冗談です」と笑っている。余裕綽々なさまが腹立たしい。

「雛乃さんは、なんか慣れてますね」

「そうですね。スカイツリーは初めてですが、高所からの景色には慣れています」

雛乃はそう言って、どこか冷めた目つきで地上を見下ろす。そびえ立つ建物の狭間には、オモチャのような車や豆粒のような人の姿がある。人がゴミのようだ、と喩えた悪役は誰だったっけ。

「雛乃さん、スカイツリー初めてなんすか？」

「地元の観光地って、いつでも行けると思ったらなかなか行かないわよねえ。雛乃さんは東京にお住まいなの？」

「はい、生まれも育ちも東京です。ちょうど、あちらに見えるのが我が家ですね」

そう言って雛乃が指差した先にあるのは、ひときわ立派な豪邸だった。庭園は公園かと見紛うほど広く、敷地面積は莫大である。ここからでも視認できるとは恐れ入る。俊介の住むアパートなど、塵芥《ちりあくた》程度にしか見えないだろう。

「へえ。ずいぶんいいところにお住まいなのねー」

よくわかっていない母は呑気にそんなことを言っているが、それどころの話ではない。御陵コンツェルンの邸宅は、日本の経済のど真ん中に腰を据えている。まあ、説明するのが面倒だから言わないが。

「さっきの写真、梓《あずさ》にも送ってあげよう。ちゃんと勉強してるかしら」

「あら。もしかして、妹さんですか？」

いそいそとスマホアプリを立ち上げた母に、雛乃が尋ねる。母は「ええ」と頷いた。

「中学三年生で、今年受験なの。お兄ちゃんに会いについてくるかって訊いたけど、別にいいって。遊び呆けてなければいいんだけど」

母は溜息をついた。妹の梓は俊介ほど真面目ではないが、世渡り上手で要領だけはいい。家族の居ぬ間に好き放題している可能性はあるが、きっとちゃっかり志望校には合格するのだろう。あいつはそういう女だ。

「妹さんにもお会いしたかったです」

「あ、写真あるわよ。見る？」

「はい！」

母が差し出したスマホ画面には、今年の正月に帰省した際の写真が映し出されていた。コタツに入った俊介と梓が、仏頂面で雑煮を食べている。いつのまにこんな写真を撮っていたのだろうか。

「わ、美人さん。こうして見ると、美形な兄妹《きょうだい》ですね。そっくりです」

「俊介も梓も、父さんに似てるのよねー。顔だけは良かったからねえ、あのひと」

「お父様は、今回ご一緒にいらっしゃらなかったのですか？」

無邪気な雛乃の問いに、俊介は僅かに息を呑む。俊介の動揺をよそに、母はあっけらかんと答えた。

「うちの父さんはね、六年前に事故で死んじゃったのよ」

「え……」

雛乃の表情が、一瞬で強張《こわば》った。両手を頬に当てて、唇を震わせる。

「……そんな……あの……申し訳ありません」

「いいのよ、気にしないで。もう六年も前のことだしねー」

母はそう言ってケタケタ笑ったが、雛乃はじっと俊介の方を見つめていた。真っ黒い瞳に罪悪感が滲んでいる。事情を知らずにあれこれ尋ねたことを悔いているのだろう。俊介は何も言わず、曖昧《あいまい》な笑みを浮かべていた。


展望デッキをぐるりと一回りしたあと、母が「お土産を買いたい」と言うので、スカイツリーの下にある商業施設に行った。

母が土産を物色しているあいだ、俊介は壁にもたれかかってぼんやりしていた。先ほどまで母と一緒にクッキーを選んでいた雛乃が、こちらにやって来る。

「……こんなことになってすみません。今日の給料、ナシでいいです」

俊介が言うと、雛乃は「いいえ」とかぶりを振った。

「私が希望したことですから。それに、私はお母様も一緒で楽しいですよ」

「でも、余計な気ィ遣うでしょ」

「そんなことはありません。俊介のご家族と親しくなれるのは、嬉しいです」

（……俺の母親と仲良くなったところで、三ヶ月後には別れるだろうが。次に会う機会なんて、もう二度とないぞ）

そんな言葉を飲み込んで、俊介は「そうすか」と渇いた声で言った。さっと目を伏せた雛乃は、やや言いにくそうに口を開く。

「俊介、あの……私、何も知らずに……あれこれお父様のことを尋ねてしまい、申し訳ありませんでした」

しゅんと眉を下げた雛乃が、深々と頭を下げる。俊介は口角を上げて笑顔を作った。

「あー、気にしないでください。母さんも言ってたけど、もう六年も前のことだし」

「……でも……」

「……ほんとに、気にしてないんです。あんな親父、死んでくれてせいせいしてますから。死亡保険金もガッツリ遺してくれましたしね」

吐き捨てた俊介の言葉に、雛乃は弾かれたように顔を上げた。驚きと怒りが入り混じった表情で、こちらを睨みつけている。

「お父様に向かって、そんな酷いこと……！　言うべきではありません！」

まるで俊介を責めるような口調だ。俊介はまるで嘲笑《あざわら》うかのように、雛乃のことを見下ろしている。

彼女の言うことは正しい。いつだって清く美しく純粋で真っ直ぐで、この世の汚《けが》れなんて少しも知らないような顔をしている。その視野はあまりにも狭く、自分の見える世界がこの世のすべてだと思っている。

彼女と一緒にいると、自分がいかに醜悪な人間かを思い知らされる。この世の何よりも金が大事な、がめつい守銭奴。

「……俺はあんたが思うほど、立派な人間じゃない。俺にとって、金以上に大事なものなんてないんだ」

「いいえ、あなたは」

「恵まれたお嬢さんには、俺の気持ちなんて到底わかりませんよ。……わかってほしいとも、思いません」

突き放すような言い方に、雛乃は下唇をきつく噛み締めた。スカートの裾をぎゅっと握り締めて、何かに耐えるように肩を震わせ、こちらを見つめている。

曇りのない澄んだ瞳に映る自分の顔を見たくなくて、俊介はふいと視線を逸らした。

「お待たせー！」

そのとき、紙袋を抱えた母が戻ってきた。二人のあいだに漂う険悪な空気に気付いているのかいないのか、明るい口調で続ける。

「梓に、東京にしかないキャラメルサンド？　買ってきてって言われてるんだけど、ここには売ってないのかしら」

「あ……それならおそらく、東京駅のデパートに置いているかと思われます」

「そうなの？　じゃあ明日帰る前に買うわ。あ、あと雛乃さん」

母は鞄から財布を取り出すと、札を数枚抜いて雛乃に押し付けた。雛乃は面食らったように、目を白黒させている。

「タクシー代と入場料、これで足りるかしら」

「えっ。そんな……結構です」

「いいから受け取っておいて。あなたにとっては大した金額じゃなくても、息子の彼女に奢ってもらうには過ぎた金額だわ。心苦しいわよ」

きっぱりとした母の言葉に、雛乃ははっとしたように目を見開いた。自分との金銭感覚の違いを突きつけられて、衝撃を受けているようにも見える。

震える手で金を受け取った雛乃は、ハイブランドの財布にそれをしまいこむ。「すみません」と呟いた声は、か細く悲しげだった。

雛乃と別れた俊介は、母とファミレスで夕飯を済ませ、共に自宅アパートへと帰ってきた。

狭苦しい部屋は、来客用の布団などない。母に布団を譲って、自分はバスタオルを敷いた畳の上に寝ることにした。寝心地が良いとは言えないが、一晩ぐらいどうってことはないだろう。

「雛乃さん、ほんとに綺麗なひとだったわね！　前にお付き合いしてた香恋さんも美人だったけど、あんたって父さんに似て面食いよねー」

「それ、もしかして自分のこと美人って言ってんの？」

やたらとポジティブな母に呆れつつ、俊介はごろりと寝転んだ。電気を消したあとも、母はぺらぺらと話しかけてくる。

「それにしても、ずいぶん羽振りがよかったみたいだけど。アンタもしかして、あの子のヒモなの？」

「……」

茶化すような母の言葉を否定しきれず、俊介は黙った。ヒモと言うと聞こえが悪いが、金を貰って付き合っている以上似たようなものである。突っ込まれるのも面倒だし、このまま寝たふりをしてしまおう。

目を閉じると、瞼の裏に雛乃の顔が浮かんでくる。「あんたにはわからない」と告げたときの、打ちひしがれたような表情。

（お嬢さん。……俺はあんたに相応しくない、碌でもない人間なんだよ）

どうか彼女と結婚する男が、自分のような男でありませんように。クッションに顔を埋めながら、俊介は心の底からそう願った。

◇◇◇

母は翌日、友人の結婚式に出席したあと、そのまま故郷へ帰って行った。見送りもせずあっさりとしたものだったが、二ヶ月後には父の七回忌で顔を合わせることになるのだから、別れを惜しむ必要もない。

デートが終わってすぐ、俊介は次週のデートプランを雛乃に送った。映画でも観に行きましょう、というシンプルなものだ。突き放すようなことを言った手前、気まずさがないわけではなかったが、報酬が発生している限りは、きちんと務めを果たさなければ。

月曜の朝にメールを送ったのだが、しばらく彼女からの返事がなかった。木曜の夜、バイトを終えて部屋で勉強していると、ようやく雛乃からの連絡があった。

[今から通話できますか]というメッセージに、俊介は[かまいませんよ]と返事をする。ほどなくして、雛乃からの着信があった。

「雛乃です。連絡が遅くなり、申し訳ありません」

電話の向こうの雛乃の声は固かった。俊介はいつもと変わらぬ口調で「いえ」と答える。

「こないだはウチの母親がすみませんでした」

「……私の方こそ、差し出がましい真似をして申し訳ありませんでした。以後気をつけます」

雛乃は金を突き返されたことを気にしていたらしく、過剰なほどに恐縮している。あまり気に病まれるのも、母の本意ではないだろう。俊介はさらりと話題を変えた。

「そんなことより、今週はどうしますか？　映画でいいですか？」

「そのことなのですが……今週は、二人で話し合いをしましょう」

「話し合い？　何を？」

「私たちの今後について、です」

きっぱりと答えた雛乃に、俊介は背中がすうっと冷たくなるような感覚を覚えた。

「そうですか」と答える自分の声が掠れている。

「邪魔が入らずに、二人きりでゆっくり話せるところを用意します。場所と時間はまた連絡しますから」

「……わかりました」

雛乃は待ち合わせ場所と時間を指定し、さっさと電話を切ってしまった。スマホを畳の上に放り投げた俊介は、ごろりとその場に寝転がる。

雛乃の声は決意に満ちていた。もしかすると、契約を破棄されるのかもしれない。先日の俊介の態度は、雇用主に対してあるまじき無礼なものだった。雛乃が気分を害しても無理はない。

もし契約が解消された場合は、未払いの給与はきちんと支払われるだろうか。そんなことを考えた自分に、つくづくうんざりした。どこまでいっても、がめつい男である。

◇◇◇

雛乃が指定した待ち合わせ場所は、以前にインフィニティプールを貸し切ったホテルだった。前回と同じように、ラウンジのソファに腰掛けて彼女を待つ。

アイスコーヒーを飲んでいると、神妙な表情をした雛乃が入ってきた。いつものように、傍に石田を従えている。

爽やかなレモンイエローのシャツワンピースを着た雛乃は、俊介の前でぴたりと足を止めた。そういえばこのお嬢様、一度として同じ服を着ているところを見たことがない。一体、どれだけ衣服を持っているのだろうか。

「お待たせいたしました」

「いえいえ。ここのコーヒー美味いっすね。どこ行くんですか?」

「ついて来てください」

雛乃が言うので、俊介はおとなしく後ろに付き従う。ホテルのフロントに向かった雛乃は、スタッフからカードキーを受け取った。

「……ん？」

「上に部屋をとっています。参りましょう」

「……ええ？　お嬢さん、あの……」

「二人でゆっくり話ができる場所を用意する、と申し上げたでしょう」

たしかに言われたが、まさかホテルの一室を用意されるとは思わなかった。俊介の想定だと、せいぜいカラオケとかネカフェあたりだった。さすがお嬢様の発想は違う。

（年頃の男女がホテルの部屋に二人きりは、さすがにまずいんじゃないですかね）

石田も俊介と同じ気持ちだったらしく、渋い表情を浮かべている。雛乃は構わず、

「では石田。のちほど迎えに来てください」と平然と言い放った。俊介は彼を安心させるように言う。

「大丈夫ですよ、石田さん。お嬢さんに変な真似はしませんから」

「当然です。……くれぐれも、よろしくお願いします」

石田は深々と頭を下げ、俊介の肩をがしっと掴んだ。表情は変えなかったが、年寄りとは思えないほどに力が強い。これ、まかり間違って手ぇ出したら殺されるやつだな。

エレベーターに乗って、一八階に上がる。カードキーをかざして部屋に入ると、巨

大なダブルベッドが部屋の真ん中に鎮座していた。都心が一望できる窓のそばには、テーブルと椅子が二脚。テーブルの上には、ウェルカムドリンクとフルーツまで用意されていた。

好奇心に駆られて、バスルームを覗いてみる。ガラス張りの巨大なジャグジーバスだ。どうせなら入っていきたいところだったが、今日はそれどころではないだろう。

「どうぞ、お掛けください」

雛乃はそう言うと、窓際の椅子を引いて腰を下ろした。俊介も正面の椅子に座る。雛乃はどこかピリピリとした空気を漂わせており、「ベッドで休憩しましょうか」だなんて冗談を飛ばせる雰囲気でもない。

「俊介」

「はい」

名前を呼ばれ、俊介はぴしっと居住まいを正す。まっすぐこちらを見据えたまま、雛乃は口を開いた。

「私……あなたのことを、ずっと考えていたのです」

「俺の、こと?」

「お互いの領域に踏み込まないまま、契約を続けていくことはきっと簡単です。私たちは、金銭の授受を介して繋がっているのですから」

「……それは、そうですね」

雇用主と契約彼氏。自分たちの関係は、それ以上でもそれ以下でもない。

雛乃はテーブルに置かれたドリンクのコップを持ち上げ、口をつけた。コップをコースターの上に戻してから、真剣な眼差しで続ける。

「……それでも。私は、嫌です」

「え……」

「私、あなたのことがもっと知りたい。関係ない、と突き放されるのは……寂しいし、悲しいです」

雛乃はそこで言葉を切って、膝の上でぎゅっと拳を握りしめた。

「私には、あなたのことを理解できないかもしれません。私は所詮、お金でしか他人の気持ちを動かすことができない人間です」

「……」

「けれど……あなたのことを、わかりたいって……思うことも、ダメですか……?」

俊介はただ黙って、彼女のことを見つめていた。彼女の瞳は相変わらず、少しの曇りもなく澄みきっている。その瞳に映る自分は、本当の自分よりもほんの少しマシに見えるんだ。

——俊介はそのままで、十分素敵です。

お金持ちで恵まれた、煌びやかな別世界に住むお嬢様。そんな彼女に、自分のことをわかってもらえるはずなんてないと思っていた。

それでも今の俊介は——わかってほしい、と思っている。ありのままの自分の醜悪さを、受け入れてほしいだなんて——たかが契約上の恋人関係に、そんな感情を持ち込む方が、間違っているというのに。

「……お嬢さんは、たぶん……幻滅しますよ」

「……そうかしら。私があなたに幻滅するところは、あまり想像できませんが」

「過大評価だ。俺はそんなに、立派な人間じゃない……」

自分の声がみっともなく震えている。喉の奥から、今にも本音が飛び出しそうになっている。

(——あなたみたいな人と結婚したい、だなんて。俺はこんな綺麗なひとに、そんなことを言ってもらえる人間じゃないのに)

「私、あなたに幻滅なんてしません」

次の言葉を促すように、じっと見つめられる。俊介は観念したように、はーっと深い息を吐いた。

「……少し長くなりますけど、聞いてもらえますか」

そして俊介は、瘡蓋《かさぶた》になっていた古い傷跡にメスを入れて、溜め込んでいた膿《うみ》を出すかのように、ゆっくりと話し始めた。

◇◇◇

今から六年前、俊介の父親が死んだ。

生前の父は真面目で誠実を絵に描いたような人間で、周囲の人々からも信頼されており、良き夫であり良き父だった……と、母は言う。俊介はもう、ほとんど覚えていない。

しかし、そんな父の人の良さが裏目に出た。ひょんなことから知り合いに騙されて、裏切られて……気付けば取り返しがつかないぐらいに、借金が膨らんでいた。

家族に迷惑をかけないよう、ひた隠しにしていた父の努力の甲斐があってか、しばらくのあいだ俊介は平和な日々を過ごしていた。しかし借金が膨らんでいくにつれて、平穏だった日常は、じわじわと侵食されていった。

そしてある日を境に、父はどこかに連れて行かれ、ぱったりと家に帰らなくなった。おそらく、危険だが金を稼げる仕事に手を出したのだと思う。そこからが、地獄の始まりだった。

自宅や学校の周りに、柄《がら》の悪そうな借金取りがウロつくようになった。部活中に黒スーツの男が土足で体育館に乗り込んできた翌日、俊介はバスケ部を辞めた。

当時高校一年生だった俊介は、新聞配達等のアルバイトで、僅かながら家計を助けることにした。高校を辞めることも考えたが、それは母に止められた。友人は最初こそ同情の目を向けていたが、俊介の内面が荒《すさ》んでいくことに気付くと、次第に離れていった。

夜になると、借金取りが自宅の扉を叩いて怒鳴り散らした。泣きじゃくる妹を抱きしめながら、俊介は自分も泣きたいのを必死で堪えていた。

運悪く玄関先で借金取りに出くわした際には、理不尽に殴られることもあった。みぞおちに蹴りを入れられた俊介は、大人から一方的に振るわれる暴力の恐ろしさを初めて知った。

（……金さえあれば。金さえあれば、俺も家族も、こんな目に遭わずに済むのに）

当時の俊介は、毎日そんなことを考えていた。

しかしそんな悪夢のような日々は、あっけなく終わりを迎えた。父の遺体が発見されたのだ。死因は高所からの転落、ということだった。

父は多額の生命保険をかけていた。状況が状況だけに自殺も疑われたが、調査の結果事故死だという判断が下り、生命保険金が支払われた。母は相続放棄をしたうえで死亡保険金を受け取り、俊介はかつての平穏な生活を取り戻した。壊れかけていた人間関係も、あっというまに修復された。あんなにも辛かった日々が、金の力であっさりと解決してしまった。

そのとき俊介は、父の死を悲しむよりも先に、はっきりと思ったのだ。

——ああ、父さんが死んでくれて良かった、と。

実の父親が死んだというのに、そんなことを考えた自分にゾッとした。悲しみに暮れる母の前では、とても口にはできなかった。

それからの俊介は、必要以上に金に意地汚くなった。大抵のことは金さえあればどうにかなると、気付いてしまったのだ。がめつい守銭奴だと罵られることも増えたが、反論の余地はなかったので、俊介は特に言い返さなかった。

高校時代は、バイトもせずに毎日勉強に明け暮れた。長い目で見たときに、勉強して良い大学に入るのが、将来的に一番金を稼げるだろうと判断したからだ。

猛勉強ののち大学に入ったあともそれは変わらず、それなりの人間関係を築きながら、金のことばかりを考えていた。俊介が一番恐ろしいのは、あの辛く苦しかった日々が再び訪れることだった。

父の死を悼《いた》むことは、ほとんどなかった。自分は肉親の死を悲しむことすらできない冷血な人間なのだと、そう思いながら生きてきたのだ。

「俺あのとき、本気で〝父さんが死んでよかった〟って思ったんです」

「……俊介……」

「……自分の父親にそんなこと言うな、って。雛乃さんの言葉は全面的に正しいです。俺にとって、家族よりも何よりも大事なものは、金なんですよ」

「……」

黙って俊介の話を聞いていた雛乃は、俯いたまま面を上げようとしない。

こんな話を聞かせて、不愉快な思いをさせてしまっただろうか。不安になった俊介は、彼女の顔を覗き込む。雛乃は何かを堪えるように、顔面に力を入れていた。

「うわっ。なんですかその顔」

「……ぅ……ふぅ……」

ふるふると肩を震わせて、眉間に皺を寄せて、唇を噛み締め、黒い瞳が潤んでいる。泣くのを我慢しているのだと、ようやく気がついた。

「ちょっ、なんで雛乃さんが泣くんですか」

「な、泣いて、いません」

「でも」

「わ、私が……私のような、立場の人間が、何も知らないのに、う、薄っぺらい同情で、泣くのは、違うでしょう」

絞り出すような声で、雛乃は言った。その必死さがなんだかおかしくて、状況も忘れて俊介は笑ってしまう。

「ははっ、すげえ顔」

「わ、笑いごとでは、ありません……！　泣きたいのは、あなたの方でしょう……」

「……別に。俺みたいなクズの方がよっぽど、泣く資格ないですよ」

俊介は感情の籠らない、乾いた声で答える。俊介は父が死んだそのときに、涙ひとつ溢さなかった。

雛乃は瞳に涙をいっぱい溜めて、瞬きもせずに俊介を見つめている。

「……じ、自分の視野の狭さに、う、うんざりします。私、やっぱり何もわかってなかった……」

「雛乃さん……」

「私っ……あなたの気持ちも知らず、ひ、ひどいことを……」

「別に、雛乃さんが気にすることじゃ」

「……わ、私には、あなたの気持ちは、わかりません。それでも、これだけは言えます。あなたが当時、何を思ったとしても……自分を責めて、気に病む必要は一切ありません」

（……勝手なこと言うなよ。あんたに、俺の気持ちなんて、わかるはずがない。ない、のに……）

恵まれたお嬢様にはきっと、俊介の気持ちはわからない。わからないなりに、彼女は俊介の気持ちを想像して、代わりに悲しんでくれている。それを傲慢と捉える人間もいるのかもしれない。彼女の言葉は、彼女の言う通り〝薄っぺらい同情〟なのかもしれない。

それでも俊介は、素直に嬉しかった。胸の奥に、じんわりと温かなものが広がっていく。

「……あなたが、いちばん、泣きたい、はずなのに……」

そのとき俊介の心を動かしたのは、決して雛乃の財力ではなかった。札束で頬を殴られなくても、動く気持ちがあるのだと、俊介はようやく気付いたのだ。

テーブルの上で握り締められた、雛乃の拳が小刻みに震えている。俊介は手を伸ばして、そっと彼女の手を包み込んだ。小さな手は、俊介のてのひらにすっぽりとおさまってしまう。

「……じゃあ。雛乃さんが、俺の代わりに泣いてください」

俊介が囁くと、「うぅ」という嗚咽《おえつ》のあと、雛乃が瞬きをした。大粒の雫が、ぽたりとテーブルの上に落ちる。まるで大粒のダイヤモンドのように、美しい涙だった。

本物のダイヤモンドを見たことはないけれど。

それからしばらくのあいだ、雛乃は肩を震わせて泣きじゃくっていた。彼女が涙をこぼすたびに、ドロリと濁った醜い感情が、ほんの僅かながら浄化されていくような気持ちになる。

次第に、雛乃の呼吸が落ち着いてくる。ようやく顔を上げたとき、彼女の目はウサギのように真っ赤になっていた。ずび、と鼻を啜った彼女に、俊介はティッシュの箱を差し出す。

「はい、どうぞ」

「……ありがとう、ございます……」

雛乃はそう言って、ティッシュで控えめに鼻をかんだ。鼻の頭が赤くなっているところも可愛い。

俊介は手を伸ばして、濡れた頬を指で拭ってやる。柔らかな頬はひやりと冷たく、唇を押し当てたらきっと気持ち良いのだろうな、なんてことを考えてしまった。

「雛乃さん、化粧落ちてますよ」

「……お見苦しいところをお見せして、申し訳ありません。顔を、洗ってきます」

そう言って立ち上がった雛乃の手首を、俊介は反射的に掴んでいた。驚いたように瞬きをした雛乃が、こちらを見下ろしている。自分でも、どうしてそんなことをしたのかわからなくて、困惑する。

（……俺は一体、このお嬢さんをどうしたいんだ）

中途半端に口を開いた俊介は、喉元までせり上がってきた言葉を飲み込んで、へらっといつもの軽薄な笑みを浮かべた。

「……まだ、時間もありますし。せっかくだから一緒に風呂でも入ります？」

俊介が言うと、間髪いれずに「ばか」が飛んできた。恥ずかしそうに頬を赤らめたお嬢様があまりにも可愛くて、無性に抱きしめたいような、壁を殴りたいような衝動に襲われる。

こみ上げてくる愛おしさを誤魔化すように、俊介は「冗談すよ」とおどけて笑ってみせた。

◇◇◇

夏休み最後のデートは、二人で映画を観に行った。

雛乃が観たがったホラー映画は、人気小説が原作らしいが、思っていたよりもＢ級エログロだった。精神的にもかなりきつく、グロ耐性があると思っていた俊介でさえ、上映後にちょっと気分が悪くなってしまった。

「あー、キッツ……しばらく肉食えねえ……」

「大丈夫ですか？　少し座って休みましょうか」

ふらふらとよろめく俊介を、雛乃は甲斐甲斐《かいがい》しく支えている。映画館のロビーにあるソファに腰を下ろすと、隣に座って優しく背中を撫でてくれた。

「……雛乃さん、あれ見てよく平気な顔してられますね……」

「あくまでもフィクションですから。しかし、かなりリアルな映像でしたね。非常によくできた特殊効果だと思います」

頭ではCGだとわかっていても、実際大画面で目の当たりにすると、そこまで冷静にはなれないものだ。しかし、スクリーンを凝視していたはずの雛乃は平気な顔をしている。うすうす気づいてはいたものの、このお嬢様はかなり逞しい。

俊介が、はーっと深い息をつくと、雛乃が心配そうに顔を覗き込んできた。奇跡のように整った顔が、簡単にキスできるほど間近にある。うわ可愛い、と何度見ても新鮮な気持ちが湧いてくる。

「もう平気ですか？　このあと、帝国ホテルのアフタヌーンティーに行くのですよね？」

「……うう、今食いもんのこと考えたくないです。すみません、もうちょっと待って」

甘えるように雛乃に寄りかかると、彼女は「できるだけ早く復活してください」と言いつつ、嬉しそうに寄り添ってくれた。

どうして彼女はこんなに良い匂いがするのだろうか。この世に存在する芳《かぐわ》しい香りの花をすべて集めて、ぎゅっと凝縮したような匂いだ。

過去を曝け出して以降、雛乃との距離がほんの少し近付いた気がする。

あんなことを話したというのに、雛乃は幻滅した様子もなく、むしろ以前よりもずっと優しい瞳で俊介を見つめるようになった。出逢った頃の冷たいお嬢様は、一体どこに行ってしまったのだろうか。

「あれ、俊介？」

不意に声をかけられて、俊介は顔を上げた。見ると、そこに立っていたのは香恋だった。肩が大きく開いたカットソーにデニムを履いて、ポップコーンとジュースを持っている。

俊介にぴったりくっついている雛乃を見て、香恋はあからさまに気まずそうな顔をした。顔見知りが人目も憚らず彼女とイチャイチャしているところなど、あまり見たいものではないだろう。こちらにしてみても、恋人とのデート中に元カノに遭遇するのは、いたたまれないものがある。

俊介がさりげなく雛乃の身体を引き剥がすと、雛乃はムッとした表情を浮かべた。

「わっ、デート中だったんだ。邪魔してごめん」

「いや、大丈夫」

「こんにちは、北山さん。お久しぶりです」

雛乃は可憐な笑みを浮かべて、俊介の腕に抱きついてきた。意外なほどに積極的だ。柔らかなものが二の腕にぶつかって、内心（ラッキー）と思う。しかし下心を表には出さず、真顔《まがお》を装った。

「香恋、こんなとこで何やってんの？」

「あたしもデートよ。彼氏と映画観に来たの」

そう言って、香恋はチケットの発券機を顎でしゃくった。眼鏡をかけた痩身の男性が、こちらに向かって手を振ってくる。おそらくあれが、香恋の彼氏だろう。噂には聞いていたが、顔を見るのは初めてだ。なかなか誠実そうな男前である。

雛乃は俊介にぎゅうっと抱きつきながら、香恋の彼氏に視線を向ける。ニコニコと穏やかな笑みを浮かべている男は、人の良さが全身から滲み出ている。笑顔で手を振り返した香恋を見た雛乃は、ほっとしたように息を吐いた。

「じゃ、あたしもう行くから。楽しんできてねー」

香恋はそう言って、彼氏のもとへと駆け寄っていった。仲睦まじそうに笑い合う二人を、雛乃はじっと眺めている。

「北山さん。お付き合いしている方がいらっしゃるんですね」

「そうですよ。彼氏、めちゃめちゃ人が良くて何やっても怒らないんで、周りから菩《ぼ》ないでおいた。


薩《さつ》って呼ばれているらしいです」

「そうなんですか。それは良かったです」

雛乃が小さな声でつぶやく。何が「良かった」のかはわからないが、深くは追求しないでおいた。

香恋は笑って、彼氏の口の中にポップコーンを突っ込んでいた。別れる前は怒った顔ばかり見ていたものだが、あんな風に笑えるようになったのは喜ばしいことだ。気が強くはっきりものを言う香恋と優しい菩薩は、きっと相性が良いのだろう。

香恋を見ている俊介に気付いたのか、雛乃は頬を膨らませて俊介の腕を引いた。拗ねたような目つきで、じとりと睨みつけられる。

「……隣に可愛い恋人がいるのですから、余所見《よそみ》をしないでください」

「余計な心配しなくても、俺は雛乃さんのことしか見てませんよ」

冗談のつもりで発した言葉は、自分でも驚くほど真面目な響きになってしまった。はにかんで頬を染める雛乃の顔を見て、心拍数が上がる。

◇◇◇

夏休みは終わったが、四年生の後期ともなると、必修の授業はほぼ残っていない。

卒業論文も授業やバイトの合間を縫ってほぼ完成させているし、あとは就職にあたって必要な資格をいくつか取るぐらいだ。

大学内の学食でうどんを食べながら、俊介はスマホに表示された給与明細をぼんやり眺めていた。今朝、雛乃からメールで送られてきたものだ。

プールに夏祭り、スカイツリーに映画。明細を見ているだけで、雛乃と過ごした夏休みの記憶が、ありありと蘇ってくる。

俊介だけに水着姿を見せてくれたこと。浴衣を着た彼女が、嬉しそうに飴細工を眺めていたこと。美味しそうにもんじゃ焼きを平らげていたこと。俊介の過去を聞いて、俊介のために泣いてくれたこと。どれもこれも、鍵をかけて大切にしまっておきたいような思い出だ。

(……そんなの全部、ニセモノでしかないのに)

宝石のようにキラキラ輝く彼女との時間はすべて、イミテーションである。彼女にとっては気まぐれの暇つぶし、俊介にとっては時給三〇〇〇円の美味しいバイト。いまさらのようにそれを思い知らされて、俊介は溜息をついた。

「よっ。なーに辛気臭《しんきくさ》い顔してんの?」

バシンと勢いよく背中を叩かれて、俊介は慌ててスマホ画面をテーブルに伏せた。振り向くと、トレイを持った香恋が怪訝な表情でこちらを見下ろしている。

「何？　もしかしてエロ動画でも見てた？」

「こんなとこで見るわけねーだろ」

「アンタならわかんないわよ。学内ならWi-Fi使い放題だもんね」

「たしかに、言われてみればそうだな」

そんな軽口を叩きながら、香恋は断りもなく俊介の正面に座る。ここに座るのかよ、と思ったが、昼休みの学食は混雑しており、他に空いている席は見当たらない。見知らぬ学生と相席するよりマシだと判断したのだろう。

トレイの上には食堂の日替わり定食がのせられていた。カラッと揚げられた鶏の唐揚げが美味そうだ。見ていると腹が減ってきた。

「唐揚げひとつくれよ」

「絶対嫌。自分で買いなさい」

「そういや、俺まだ三〇〇〇円貰ってないぞ」

右手を突き出してひらひら振ると、香恋は眉を寄せて「なんの話？」と尋ねてきた。

「俺とお嬢さん……雛乃さんが、一ヶ月で別れるのに三〇〇〇円賭けるって言ってただろ。順調に四ヶ月経過したぞ」

「げっ。なんでそんなくだらないこと覚えてんのよ」

香恋はげんなりとした表情を浮かべた。小皿の上に唐揚げをひとつのせて「これで勘弁しといて」と差し出してくる。こんなもので誤魔化されると思うなよ。あとで龍樹からも二〇〇〇円徴収しなくては。

「そういや、こないだは偶然だったわね。想像以上に仲良さそうでビックリしたわ。俊介、人前でイチャつくタイプじゃなかったのにねー」

先日、デート中に遭遇したことを言っているのだろう。俊介は「ああ、うん」と曖昧に頷く。

たしかに香恋と付き合っているときは、デート中に手を繋いだ記憶すらない。というより、まともなデートさえほとんどしていなかったのだ。

香恋との交際を思い出すと、俊介を早々に見限って菩薩を捕まえた香恋は賢いな、とつくづく思う。客観的に見ても、自分は碌でもない彼氏だった。

なんとなく気まずくて、無言でずるずるとうどんを啜っていると、香恋がポツリと呟いた。

「愛されてるのね」

「え？」

「御陵さん、俊介のこと大好きでしょ」

想定の外から飛んできた言葉に、俊介は弾かれたように顔を上げた。

「……なんで、そう思った？」

そうだよ、と軽く答えてやればよかったのだろうが、できなかった。思わず訊き返した俊介に、香恋は「見たらわかるわよ」と呆れたように言う。

「これみよがしに抱きついたりして、あたしに対する敵意すごかったじゃない。俊介を見る目がもう、恋する乙女って感じで好き好きオーラ、ダダ漏れだったし」

「……」

「あんなにわかりやすく嫉妬するタイプに見えなかったけど、意外だわー。御陵さん、とっても可愛いひとよね」

香恋はくすっと笑ったが、俊介はすぐには反応できなかった。自身が薄々勘付いていたことを、他人の口から指摘されたからだ。都合の良い自惚《うぬぼ》れではないのだと、改めて思い知らされてしまったのだ。

たぶん、とっくに気付いていた。俊介を見つめる雛乃の瞳に、演技ではない熱が籠っていること。あなたみたいな人と結婚したい、と絞り出した切実な声。あなたのことをわかりたいと、彼女は俊介のために泣いてくれた。

――雛乃はおそらく、契約彼氏の枠を超えて、俊介に惹かれている。

それなら、俊介のすべきことはひとつだ。契約彼氏として必要最低限の仕事をすること。後腐れなく契約をまっとうするために、余計な期待を持たせることなどあってはならない。この契約が終わる最後のときに、雛乃が悲しむ顔は見たくない。できればお互いに笑って、半年間楽しかったと言い合って別れることができればいい。

(だってあのひとは、俺の知らない男と結婚しなきゃいけないんだ)

まだ見ぬ雛乃の婚約者の姿を想像し、俊介は下唇を噛み締める。「変な顔して、どしたの？」と怪訝そうに顔を覗き込んでくる香恋に、慌ててへらへら笑顔を取り繕った。

「……雛乃さんが可愛いことなんて、俺はもうとっくに知ってるよ」

◇◇◇

「ねえ石田。今週のデートで着ていく服は、どちらがいいかしら？」

金曜日の夜、御陵邸にある雛乃の自室。両手に二種類のスカートを持った雛乃は、石田に向かってウキウキと楽しそうに尋ねてくる。

石田が、「どちらも大変お似合いかと思いますが、どちらかと言えば右手にお持ちのものの方が、秋らしくよろしいかと」と答えると、満足げに「こちらにします」と頷いた。

「秋物のアウターを着るのは、まだ少し早いかしら。石田、明日のお天気は？」

「今日は生憎《あいにく》の雨ですが、明日は天気も良く、日中は気温も上がるようです」

「では、上着は必要ありませんね。ニットとスカートのみにしましょう」

雛乃はそう言って、カーキ色のニットを手に取った。石田は扉のそばに立ったまま、微笑ましくそれを見守る。

雛乃が生まれてからずっと、運転手として彼女のそばに仕えてきた石田であるが、彼女が成長してからは、自室に訪れることはほとんどなくなっていた。そもそも、一介の運転手である石田が、軽々しくお嬢様の部屋に入るべきではない。

しかし山科俊介との契約関係が始まってからは、雛乃は毎週金曜日の夜になると石田を自室に呼びつけ、翌日のデートに着ていく服を選ぶのを手伝わされるようになった。雛乃は巨大なクローゼットから、あれこれ衣類を引っ張り出して、「俊介はこちらの方が好きかしら」などと頬を染めている。普段の雛乃からは想像もつかないぐらい、愛らしく微笑ましい姿だ。

「あの男は、きっと雛乃様が何を着ていっても喜ぶと思いますよ」

「……そうでしょうか。このあいだなんて、〝可愛いですけど、俺はもっと露出が多い方が好きですね〟なんて言われて……あっ」

途端に険しくなった石田の表情に気付いたのか、雛乃は失言に気付いたように口を噤む。あの若造め、雛乃様に下劣な視線を向けるとはなんたることだ。一度しっかり、お灸を据えておいた方がいいかもしれない。

「あの、石田。一応お伝えしておきますが、俊介はああ見えてとても紳士なのですよ。いつもきちんと、私をエスコートしてくれますから」

「どうでしょうか。腹の中では、何を考えているかわかりませんが」

「……俊介は、私をからかっているだけです。きっと本心では、私のことなんてどうでも……」

「……」

「彼が優しいのは、あくまでもお金のためです。私は所詮、彼の雇用主ですから」

そう言った雛乃は、長い睫毛を伏せて俯いた。悲しそうな雛乃の顔を見た瞬間、石田は山科俊介の首根っこを掴んで、ガクガクと揺さぶってやりたいような気持ちになる。おまえのせいで大事なお嬢様が悲しんでいるのだぞと、一喝して全力でぶん殴ってやりたい。

そんな想像をして、石田はこっそり溜息をついた。馬鹿げている。自分は一体、あの男に何を期待しているのだろうか。

もし彼が、雛乃に恋愛感情を抱いているとして——御陵家に仕える石田は、それを全力で止める立場にある。雛乃には、れっきとした婚約者がいるのだから。

「……なんて、くだらないことを考えても仕方ありませんね。アクセサリーはどれにしようかしら。ネックレスは、こちらのゴールドのものにします」

ジュエリーケースを覗き込んだ雛乃の表情は、先ほどのような明るいものに戻っていた。それが仮初《かりそ》めのものであったとしても、石田はホッと安堵する。幼少期から雛乃を娘のように可愛がってきた石田にとって、彼女の笑顔を見ることが何よりの喜びなのだ。

「……雛乃お嬢さん。入ってもよろしいでしょうか」

そのとき、コンコン、というノックとともに、扉の向こうから声が聞こえてきた。キリッとした表情を取り繕った雛乃が「どうぞ」と答えると、メイド長である五条《ごじょう》が顔を出す。五条は御陵家に仕える使用人の中でも一番のベテランで、雛乃のことも幼少期から可愛がっているのだ。

「あらやだ、石田さん！　こんな時間にお嬢さんのお部屋で、何をしてるんですか！」

「……いや、その」

さすがの石田も、五条には頭が上がらない。ジロッと睨みつけられ、しどろもどろになっていると、雛乃が助け船を出してくれた。

「五条さん、石田を叱らないで。私が彼を呼びつけたのです」

「まあ、雛乃お嬢さんも！　もう子どもじゃないんですから、いつまでも石田さんにべったりじゃ困りますよ」

五条に言われて、雛乃は小さく肩をすくめて「はい」と頷いた。雛乃にこんなお説教ができるのは、雛乃の両親と五条ぐらいのものだろう。

「そうそう、そんなことより雛乃お嬢さん。旦那様がお呼びですよ」

「……お父様が？　一体、何かしら」

目を見開いた雛乃が、不思議そうに首を傾げる。

この父娘は、顔を突き合わせて一対一で会話をすることはめったにない。御陵コンツェルンの代表である雛乃の父は多忙で、そもそもほとんど家庭を顧《かえり》みないタイプなのだ。

雛乃の問いに、五条はやや言いにくそうに答えた。

「……松ヶ崎《まつがさき》の坊ちゃんが、いらっしゃってるみたいで。雛乃お嬢さんも、挨拶をするようにとのことです」

松ヶ崎、というのは雛乃の婚約者の名前である。その名を聞いた途端、雛乃の表情は一瞬で凍りついた。頬を強張らせ「そうですか」と答える声からは、少しの感情も読み取れない。

「では、お待たせするのは良くありませんね。今すぐ参ります」

雛乃はそう言うと、ピンと背筋を伸ばして、部屋から出て行こうとする。艶やかな黒髪が流れる背中に向かって、石田は思わず声をかけていた。

「雛乃様」

長い髪を揺らし、雛乃が振り返る。その瞳の奥が、ほんの一瞬だけ不安に揺れる。

しかし石田は何も言えず、彼女に向かって深々と頭を下げた。

「……明日は、一一時に待ち合わせでしたね。また、お送りいたしますので」

「……ええ、ありがとう石田。よろしくお願いします」

口元に僅かな笑みを浮かべた雛乃は、そのまま部屋を出て行った。取り残された石田は、カーテンを開けて、ぴたりと閉ざされた窓の向こうを眺めた。

分厚い雲に覆われた、月さえ見えない夜空を見上げながら、早く雨が止まないだろうか、と考える。ぱらぱらと窓を叩く雨は未だ降り続いているが、きっと朝までには止むだろう。

そうすれば石田の大切なお嬢様は笑って、愛しい契約彼氏《こいびと》に会いに行くのだ。

番外編　お嬢さんとWデート

「頼む、俊介！　オレのことを助けると思って、W《ダブル》デートしてくれ！」

「……はあ？」

夏休みも後半に差し掛かった、九月の初め。

俊介の正面に座った龍樹は、顔の前で両手を合わせて深々と頭を下げる。龍樹のこういった姿は、これまでに何度も見てきた。「俊介助けてくれ」から始まる話は、大抵ろくでもない。

そもそも、夏休み中に「一緒に飲みに行こうぜ。奢るから」などと呼び出された時点で、龍樹に下心があることには気付いていた。それでもこうしてやって来たのは、シンプルにタダ飯にありつきたかったからである。

こうなったら、遠慮は無用だ（最初から遠慮などしていないが）。俊介はテーブルにあるタッチパネルで、生ビールのお替わりとポテトフライを注文する。龍樹に連れて来られたのは低価格が売りの居酒屋で、学生の財布にも優しい店である。

「Wデートって、誰と誰がだよ」

「決まってんだろ！　おまえと御陵さん、オレと美紅ちゃん！」

まあ、そうだろうとは思っていた。龍樹は未だ椥辻美紅を諦めることなく、健気《けなげ》にアタックを繰り返しているらしい。話を聞く限り脈はなさそうだし、さっさと次にいけばいいものを。

「んなもん、勝手に二人で行ってこいよ。俺と雛乃さんを巻き込むな」

「オレだって、できることなら二人でデートしてえよ！　無理だから、こうやって頼んでるんだってば！」

龍樹の話はこうだった。

動物園でパンダの赤ちゃんが生まれた、というニュースを見た龍樹は、勇気を出して「一緒に行かない？」と美紅を誘ってみた。すると美紅はニッコリ笑って、「いいですね！」と答えてくれたという。予想外の返事に天にも昇る心地だった龍樹を、美紅は容赦なく地に叩き落した。「それじゃあ雛乃ちゃんと山科さんも誘って、四人で行きましょうよ！」と。

俊介は枝豆とともに生ビールを飲みながら、龍樹に哀れみの目を向けた。

「……龍樹。それはな、体《てい》よく断られてる」

「なんでだよ！　四人ならオッケーって時点で嫌われてはないだろうが！」

「遠まわしに〝あなたと二人きりは無理です〟って言われてんだよ。むしろ、はっきり言わない椥辻サンの優しさに感謝しろ。どう考えても、友達以上に見られてねぇよ」

「いや、オレは諦めないからな！」

龍樹は鼻息荒く、ぶんぶんと拳を振り回している。諦めの悪い友人を横目に、どうしたものかと俊介は考えた。

「……雛乃さんに確認してみないと、わかんねえな」

雛乃とのデートとの内容は、俊介の一存で軽々しく決められるものではない。龍樹たちとWデートについても、まずは雇用主の意向を伺わなければ。……その間に報酬が発生するのか、という点も重要な確認項目である。

俊介はスマートフォンを取り出し、SNSのアプリを立ち上げた。最近はメールではなく、簡単な連絡ならSNSのメッセージ機能を使うことも多い。既読の有無も把握できるため、意外と便利だ。

雛乃はスマホを頻繁に確認するタイプではないが、今なら自室で寛《くつろ》いでいる時間だろうし、すぐ返信がくるかもしれない。

[龍樹がWデートしたいって言ってるんですけど、どうします？]

焼き鳥盛り合わせを平らげ、ビールからハイボールに切り替えたところで、雛乃から返信が来た。いつもと同じ、他人行儀な硬い文面である。

[お疲れ様です。その件ならば、既に椥辻さんから聞いています。私は構いません。

日にちは今週の土曜日にしましょう。もちろん通常通りの業務として、時給もお支払いします」

俊介が気になる部分まで、しっかり先回りして回答してくれた。やはり彼女は有能な雇用主である。雛乃がいいというならば、俊介に断る理由はなくなってしまった。

「……雛乃さん、Wデートしてもいいってさ」

「マジ⁉　いやー、ほんと良かった！　さすが御陵さん、女神！」

大袈裟な仕草で拝む龍樹に、俊介は「雛乃さんの寛大さに感謝しろよ」と軽く睨みつける。貴重な土曜日の時間を使って、龍樹の恋路をサポートしてやるとは、雛乃はなかなか慈悲深い。まあ彼女のことだから、一度Wデートというものをしてみたかった、という理由かもしれないが。

「承知しました」と返信しながら、来週は二人っきりじゃないのか、と少しがっかりしてる自分に気が付いた。

◇◇◇

龍樹と美紅とのWデートは、九月二週目の土曜日になった。

まだまだ暑さは和らぐ気配を見せず、かんかん照りの太陽が容赦なく降り注いでいる。駅からの道を汗を拭いながら歩いていくと、動物園のゲートの前に、龍樹と美紅が立っているのが見えた。

「あ、山科さーん！」

俊介の姿を見つけた美紅が、ぶんぶんと手を振ってくる。足首丈のロングワンピース姿だ。爽やかなレモンイエローで、ノースリーブのワンピースの肩から白いカーディガンを掛けている。手を振り返すほど親しいわけでもないので、俊介は軽く会釈を返した。

「こんにちは。すみません、待たせました？」

「まだ待ち合わせ一〇分前だから、大丈夫ですよ！　でも、わたしも一五分前に着いちゃったのに、もうたっちゃんが居てびっくりした！　何時に来てたの？」

美紅に問いかけられて、龍樹は「いやあ……」と照れ笑いで頬を掻く。この様子だと、前日の夜からここに立っていてもおかしくない。

そのとき、俊介たちの目の前で白のロールスロイスが止まった。運転手に促されるまま、後部座席から降りてきたのは雛乃だった。彼女にしてはカジュアルな、ラベンダー色のロングワンピースを着ている。足元もスニーカーで、髪型もいつものハーフアップではなく、頭の上でお団子に結い上げられていた。

「あれ、雛乃さん。そんなカッコしてるの、珍しいですね」

普段よりカジュアルな格好に、俊介は驚く。雛乃が口を開く前に、美紅が答えた。

「実はこのワンピ、わたしと色違いのオソロなんです！　ねっ」

雛乃は白のボレロを羽織っているため、ぱっと見ではわかりにくいが、たしかに美紅と色違いのワンピースを着ているようだった。雛乃は嬉しそうに「はい」とはにかむ。

「せっかくだから、お揃いにしようとのお誘いを受けて……どうでしょうか」

「いや、似合ってますよ。そういう格好も良いですね。可愛いです」

淀みない俊介の褒め言葉に、雛乃は嬉しそうに目を細め、美紅は「キャー！　山科さん、あまーい！」とはしゃいだ声をあげる。龍樹はげんなりした顔で、こちらを見つめていた。

「俊介、彼女の前ではそういうキャラだったのか……」

「何言ってんだよ、俺はいつでも女性に対して紳士だろ」

「どの口が言ってんだ！」

「そんなことより、早く入りましょうよ！　パンダの赤ちゃん、早く見たい！」

チケットは既に、美紅が四人分購入してくれているらしい。俊介は財布からチケット代を取り出し、美紅に手渡した。雛乃からは「のちほど経費精算してください」と小声で囁かれたが、本来ならば俊介と雛乃のぶんは龍樹が支払うべきだと思う。

意気揚々とゲートをくぐる龍樹と美紅の少し後ろから、俊介と雛乃は歩いていく。ノースリーブのワンピースを着た美紅は、肩に掛けたカーディガンから華奢な肩が覗いていた。

（そういや、雛乃さんも同じカッコしてんだっけ）

チラリと横目で雛乃を見つめると、彼女は「何か？」と小首を傾げた。雛乃の肩は、白いボレロにしっかりとガードされている。

「雛乃さん。そのワンピース……」

「ど、どこかおかしかったでしょうか」

「いえ。可愛いですけど、俺はもっと露出が多い方が好きですね。これ、脱がないんですか？」

そう言って雛乃のボレロをつまんで、軽く引っ張る素振りを見せる。頬を染めた雛乃は、「ばか」と可愛く睨みつけてきた。

脇目も振らずに目的地へ直行した四人だったが、本日の目玉である赤ちゃんパンダの前には、既に大行列ができていた。パンダに群がる人波を見た雛乃と美紅は、揃ってぽかんと口を開ける。

「す、すごい人……もしかしてこれ、全部パンダ目当て？　嘘でしょ？」

どうやら枇辻美紅も、雛乃ほどではないにせよ、そこそこ世間知らずのお嬢様らしい。俊介は待ち合わせが一一時だと聞いた時点で、たぶん出遅れるだろうな、と俊介は思っていた。

愛らしい赤ちゃんパンダをほんの数秒見るために、開園前から何時間も並ぶ人間は大勢いる。そういった庶民の熱量を、世間知らずのお嬢様がたは、きっと理解していなかったのだろう。

「……残念ですが、この行列に並んでいると、今日は一日潰れてしまいそうですね」

「同感です。諦めましょう。他にもいっぱい動物はいますよ」

「ううっ、パンダの赤ちゃん見たかったぁ」

美紅は後ろ髪を引かれつつ、渋々諦めたようだ。しょんぼりと肩を落として歩く美紅を、「美紅ちゃん！　あっちにキリンいるよ！」と明るく励ましている。

「驚きましたね……まさかパンダを見るために、あんなにたくさんの人が詰めかけるなんて」

雛乃も、美紅に負けず劣らず残念そうな顔をしている。俊介は雛乃を励ますように言った。

「俺は予想通りでしたけどね。まあパンダぐらい、和歌山行けばいくらでも見れるでしょ。雛乃さんなら、中国で野生のパンダ見ることだってできるんじゃないですか」

「……でも。あなたと一緒には、見られません」

囁くような音量で呟いた雛乃に、俊介の胸はギシリと軋んだ音を立てる。雛乃はただパンダが見たいわけではない。おそらく、俊介と一緒に、見たかったのだ。

俊介は唇の両端を無理やり持ち上げると、雛乃の顔を覗き込んで言った。

「……じゃあ、次回のデートは和歌山のアドベンチャーワールドにしましょうか。中国でもいいけど」

「まあ。行って帰るだけで、門限を過ぎてしまいますね」

美紅は切り替えが早いタイプらしく、キリンの檻の前にやって来たころには、すっかり元気を取り戻していた。巨大なキリンを見上げ、「すごーい！」とはしゃいだ声をあげている。

俊介の隣に立った雛乃は、トントンと肩を叩いてから話しかけてきた。

「ご存じですか？　キリンの睡眠時間は、一日僅か二〇分程度らしいですよ。寝ている間《あいだ》に肉食動物に襲われぬよう、熟睡するのはほんの数分だそうです」

「へー、そうなんすか。たしかに、寝てるあいだに食われちゃたまんないですもんね」

「まじか。オレなんて、こないだ一二時間も寝ちゃったよ」

「たっちゃん、それは寝すぎ。キリンだったらとっくに食べられてるよ」

美紅はスマホを構え、モゴモゴと口を動かすキリンを撮影している。「そうだ！」と雛乃の手を引いて、俊介にスマホを渡した。

「山科さん、雛乃ちゃんとの写真撮ってください！」

「ああ、了解です」

「ちゃんとキリンも入れてくださいね！　はい、雛乃ちゃん！　キリンポーズ！」

「えっ、ええ？」

両手を高く掲げて謎のポーズを取った美紅に倣い、雛乃もぎこちなく両手を上げる。恥ずかしそうにしている姿が可愛らしく、俊介は思わずにやついてしまった。

「ちょっと、山科さん！　デレデレしていないで、早く撮ってください！」

美紅に叱咤《しった》され、俊介は慌てて表情を引き締める。「撮りますよー」の声とともに、お揃いのワンピースを着た美女二人の写真を撮影した。背景にしっかりキリンも入り、なかなか上手く撮影できたと思う。

「これでどうすか」

「わっ、ありがとうございます。山科さん、写真のセンス良いですね。あ、次たっちゃんも入って！」

「え、いいの⁉」

図々しく真ん中を陣取った龍樹は、美女に挟まれ嬉しそうだ。ちくしょう、こいつの顔にだけモザイクかけてやろうかな。そんなことを考えつつも、俊介はおとなしくシャッターボタンを押した。

「じゃあ、次！　雛乃ちゃんと山科さん、二人で撮ってあげる！」

「えっ」

雛乃が驚いたように目を丸くした。考えてみれば俊介と雛乃は、二人で写真を撮ったことがない。デートの最中、雛乃はときおりスマホを構えているが、撮影するのは食べ物や風景の写真ばかりだ。誰かに頼んで2ショットを撮ってもらう、という発想はなかった。

「雛乃ちゃんのアカウント見てても、山科さんとの写真全然ないんだもん。せっかくだし、二人で撮りなよ！」

「あの、でも……」

「いいんじゃないすか。撮ってもらいましょうよ」

俊介は積極的に恋人と写真を撮りたがるタイプではないが、頑なに断る理由もない。雛乃の隣に並ぶと、彼女はやや躊躇う様子を見せつつも、「では、お願いします」と美紅にスマホを渡した。とん、と雛乃の肩が俊介の二の腕に軽くぶつかる。

（……せっかくだし、契約彼氏としての仕事をまっとうしてやりますか）

そう思った俊介は、華奢な腰に軽く手を回して抱き寄せる。雛乃の身体が強張り、体温が上がるのがわかったが、俊介はお構いなしに得意の営業スマイルを作った。

「ちょっと、雛乃ちゃんカタいよ！　もっと楽しそうに笑って！」

美紅はそう言いつつ、カシャカシャと何度かシャッターを押す。撮影した写真を見た美紅は、「うんうん、いい感じ！」と満足げに頷いている。

「栁辻さん、ありがとうございます」

美紅からスマホを返してもらった雛乃は、撮影された写真を見て、嬉しそうに頬を綻《ほころ》ばせる。雛乃の肩越しに俊介も覗き込んでみると、ディスプレイに表示されているのは、仲睦まじいカップルそのものだった。

「お、よく撮れてますね。俺にも送ってください」

「承知しました」

「よかったね、雛乃ちゃん！　やっぱ、思い出はいっぱい残しといたほうがいいよ！」

美紅の「思い出」という言葉に、雛乃は一瞬寂しそうな表情を浮かべた。しかしすぐにいつもの彼女に戻り、「そうですね」とクールに頷く。

俊介との契約期間が終わったあと、彼女はこの写真を見返して、半年間の素敵な思い出だったと、懐かしく感じるのかもしれない。自分はいつか彼女の〝思い出〟になるのだと思うと、胸がひりひりと痛むような感覚に陥る。

「俊介、写真を送りました。ご確認ください」

雛乃に言われて、俊介は自身のスマホを確認した。

ディスプレイに映る自分の顔は、なんだか妙に幸せそうに見える。果たして自分は近い未来、この写真をどんな想いで見返すのだろうか。そんなことを想像して、なんだかやりきれない気持ちになった。

◇◇◇

昼食は、動物園の中にあるフードコートに入った。昼のピーク時は過ぎているものの、まだまだ混雑している。四人掛けのテーブル席がタイミングよく空いたので、そこに腰を落ち着けた。

「これめっちゃ可愛いよね！　あとでSNSにあげよっと！」

「ええ、本当に。可愛らしいですね」

雛乃と美紅は、パンダをかたどった肉まんを購入したらしい。包み紙にも愛らしいパンダのイラストが描いてある。ちなみに俊介と龍樹は、なんの面白みもないオムライスだ。

美紅は何枚か写真を撮ったあと、容赦なくパンダの顔にかぶりついた。雛乃も控えめに、パンダの耳を齧《かじ》っている。

「パンダの赤ちゃんには会えなかったけど、これはこれで可愛いからいっか！」

「そういや、さっき売店にパンダのぬいぐるみ売ってたよ！　美紅ちゃん、よかったら俺が買って……」

「うーん。わたし、あんまりぬいぐるみ買わないんだよねぇ」

ばっさりと切り捨てられて、龍樹はがっくりと肩を落とす。小さな口で肉まんを頬張る雛乃に、俊介は話しかけた。

「雛乃さん、買います？　パンダのぬいぐるみ」

「か、買いません！　も、もうそんな年齢ではありませんもの」

「イルカのぬいぐるみは買ってたじゃないですか」

「あ、あれば、あなたが……！」

「え、雛乃ちゃんぬいぐるみとか買うタイプ？　ちょっと意外かも」

慌てふためく雛乃を、美紅は意外そうな顔つきで見つめている。雛乃はツンとそっぽを向いて「……俊介にプレゼントされただけです」と答えた。まあ、そういうことにしておいてやるか。美紅はくすくすと肩を揺らして笑う。

「別に、何もおかしくないよ。ただ、雛乃ちゃんのキャラ的にちょっと意外だっただけで」

「たしかに。もっとクールな感じかと思ってた！　しかしまあ、あの俊介が彼女にプレゼントするなんてなあ……なんか、信じられねぇな」

実際は経費で落とした、とは当然言えず、俊介は笑って誤魔化した。美紅は好奇心に瞳を輝かせながら、身を乗り出してくる。

「ねえねえ、雛乃ちゃんと山科さんって、どっちから告白したの？　あの合コンのあと、結構すぐに付き合い始めたよね？」

美紅の問いに、俊介は反射的に雛乃の方を見た。雛乃もやや困惑《こんわく》した目つきで、こちらを見つめている。そういえば、そのあたりの設定を擦り合わせるのを忘れていた。ここは男らしく、「俺から告白した」と言うべきだろうか。

「……私から、交際の申し込みをしました。合コンのあと、すぐに」

どうやら雛乃は、極力嘘をつかないことにしたらしい。たしかに二人の交際《けいやく》は、雛乃が言い出したことに変わりない。

「えーっ、そうなんだ！　雛乃ちゃん、意外と肉食系だねー！　もしかして一目惚れだったの？」

「そ、そうですね……あの、とても条件に適した殿方かと……」

「条件？」

「いやまあ、俺も雛乃さんのこといいなって思ってたんで。すぐＯＫしましたよ。願ったり叶ったりです」

ボロを出しそうになる雛乃をフォローすると、美紅は「いいなぁ。お互い一目惚れだったんですね！」とうっとりした。俊介は苦笑いを浮かべる。

「たしかに俊介、意外と面食いだもんなあ。歴代の彼女も全員美人だし」

「……へぇ、そうなのですね。そういえば、北山さんもお綺麗でしたものね」

ニコリと笑った雛乃の瞳の奥に、隠しきれない怒りの色が見える。雛乃さんの前で余計なこと言うなよ、と俊介は龍樹を睨みつけた。

「ねえねえ、そんなことより。この〝どうぶつフロート〟可愛くない？」

不穏な気配を察知したのか、美紅が話題を変えてくれた。差し出されたメニュー表を見ると、動物を模したアイスが乗ったソーダフロートらしい。

「ちょうど四種類あるし。四人で買おうよ！」

「よっしゃ。じゃあ、ジャンケンで負けた二人が買いに行くことにしようぜ」

「そういうの、大抵言い出しっぺが負けんだよ」

「じゃあ、じゃーんけーん」

ぽん。と出した手は、俊介と美紅がグーで、龍樹と雛乃がチョキだった。

「あら、負けてしまいましたね……」

「くそ、しゃーねーな。じゃあ御陵さん、行こうぜ」

雛乃と龍樹が連れ立って売店に向かうのを、俊介は黙って見送る。

正直、妙な組み合わせになったな、と思っていた。美紅も俊介も社交的な方だし、気まずい空気にはならないと思うが。それより、龍樹と雛乃が二人でどんな会話をするのかまったく想像できない。

心配になって二人の様子を窺っていると、美紅が「うふふ」と笑いを漏らした。

「あら山科さん、ヤキモチですか？　意外と余裕ないんですねぇ」

「いやいや。雛乃さんと龍樹、二人でどんな話すんのかなーと不思議に思っただけですよ」

「たしかに。でも、なんだか楽しそうですよ」

美紅の言う通り、売店の列に並ぶ龍樹と雛乃は、何やら楽しげに話し込んでいた。

龍樹は身振り手振りを加えながら、何かを熱弁している。雛乃はそれを、熱心に頷きながら聞いていた。龍樹が話を終えたところで、雛乃が肩を揺らして笑う。その瞬間、モヤモヤとした感情が俊介の胸を満たした。

（……ふーん。彼氏以外の男の前で、ずいぶんと楽しそうなことで）

もしかして案外相性がいいのでは、なんてことを考えてしまい、余計に面白くない気分になる。そんな俊介の様子を、美紅はにやにやと興味深げに眺めていた。

昼食を済ませたあと、四人で動物との触れ合いコーナーに移動した。どうやらここでは、ウサギなどの小動物を抱っこできるらしい。

白いウサギを抱きしめた雛乃は、眉を下げて嬉しそうな顔をしている。ふわふわの毛並みを撫でながら、俊介に向かって言った。

「見てください、俊介。とっても可愛いですよ」

「ええ、ほんとに可愛いっすね。見てるだけで癒されます」

「俊介も抱っこしますか？　優しくしてくださいね」

「雛乃さん、意外と大胆ですねえ。龍樹たちもいるのに」

そう言って両腕を広げてみせると、雛乃は頬を赤らめた。

「……あの。ウサギの話、ですよね？」

「さあ、どうでしょうか」

俊介がニヤリと笑うと、雛乃はジト目でこちらを睨みつけてくる。そんな雛乃の方が、彼女に抱かれたウサギよりもよほど可愛い。

龍樹と美紅は少し離れたところで、ぎゃあぎゃあとはしゃいだ声をあげている。どうやら龍樹が首にヘビを巻いて、美紅は笑いながらその様子を動画に撮っているようだ。こうして見ると、意外とお似合いに見えなくもない。まあ、美紅にその気はないのだろうが。

「お二人とも、楽しそうですね」

ウサギを撫でながら、雛乃が呟く。俊介はチラリと雛乃を横目で見てから、さりげなさを装って言った。

「そういえば。雛乃さんも、ずいぶん楽しそうでしたけど」

「あら、なんの話でしょうか？」

「さっき、龍樹と何話してたんですか？」

ほんの少し、拗ねたような声色になってしまった。嫉妬をしているように思われただろうか、と後悔していると、雛乃はくすくすと笑みを零す。

「……なんすか」

「いえ、ごめんなさい……思い出し笑いです」

「へ？」

「先ほど、小野さんから俊介の話をたくさん聞かせてもらったのです。とても興味深かったですよ」

「え、お、俺の話ですか⁉　ちょっと待ってください。あのやろ、余計なこと雛乃さんに言ってませんよね⁉」

大学入学当時から付き合いのある龍樹には、俊介のありとあらゆる過去が筒抜けである。まさかあんなことやこんなことも、と慌てふためく俊介を見て、雛乃は軽く唇を尖らせた。

「まあ。私に聞かれて困るような話があるのかしら」

「いや、な、ないですけど！　あの、どんな話だったんです？」

「うふふ。内緒です」

そう言って雛乃は、人差し指を唇に当てて悪戯っぽく微笑む。その顔を見た途端、先ほどまで胸に揺蕩っていたモヤモヤなんて、どこかに飛んでいってしまった。

◇◇◇

一七時の閉園と同時に、俊介たちは動物園をあとにした。美紅は最後にも恨めしそうに赤ちゃんパンダの檻の方を見て、「今度は絶対会いに来るからねー！」と叫んでいた。きっと次来るときまでには、赤ちゃんパンダは赤ちゃんではなくなってしまうだろう。

「雛乃ちゃん、今日もお迎えが来るの？」

「はい、直に来ると思います」

「俊介も地下鉄だよな？　一緒に駅向かう？」

「いや、俺は雛乃さんの迎えが来るまで待つわ」

今度は龍樹に気を遣ったわけではなく、今日のシフトが一八時までだったからだ。別に、もう少し雛乃と一緒にいたい、などと思ったわけではない。

「今日、楽しかった！　また四人で遊びに行きましょうね！」

「……うん、四人で……そうだよな……うん……」

明るく言った美紅に、龍樹はひっそりと肩を落としている。残念ながら、やはり脈はなさそうだ。ご愁傷様。

美紅と龍樹が並んで駅に向かうのを、雛乃と俊介は手を振って見送った。二人の姿がすっかり見えなくなってから、俊介は尋ねる。

「……そういや、雛乃さん。一七時閉園なのに、なんで今日のシフトは一八時までなんですか？」

雛乃は目線をこちらに向けて、恥じらうように肩を竦めた。そんな仕草のひとつひとつに、俊介の胸中はかき乱される。

「……ごめんなさい。今日は、とっても楽しかったけれど……あなたと二人でいる時間が、ほとんどなかったでしょう？」

「え」

俊介はキョトンと目を見開く。雛乃は躊躇いがちに俊介の手を取って、ゆるく指を絡めてきた。そのとき俊介はようやく、今日は龍樹たちがいたから一度も手を繋がなかったな、と思い至る。

「だから、石田が迎えに来るまで……こうしていても、いいですか？」

俊介は雛乃の手を強く握り返した。小さくて柔らかな手は、俊介の手にすっぽりと覆われてしまう。

（……このまま、迎えが来なけりゃいいのに）

そんな馬鹿げたことを考えて、俊介は溜息を押し殺す。こうして彼女の体温を感じるたび、胸の奥が切なく痛む。それに気付かないふりをして、俊介は今日も言うのだ。

「……承知しました」

あくまでも自分は雛乃の契約彼氏で、雇用主の命令に従っているだけなのだと。そう自分に言い聞かせないと、余計なことを口走ってしまいそうだ。

こちらを向いて微笑む雛乃と目が合って、またどうしようもなく胸が痛んだ。

《了》

あとがき

はじめまして、織島かのこと申します！　「おりしま」ではなく「おりじま」と読みます。もしよかったら、名前だけでも覚えて帰ってください！

さて、このたびは「お嬢さんの契約カレシ。」上巻を手に取っていただき、誠にありがとうございます！

本作は、この世に金より大事なものはないと嘯く守銭奴イケメンと、恋に恋する世間知らずのお嬢様の、ちょっぴり切なくて？　とっても甘いラブストーリーになっています。現代版ローマの休日……というのはあくまでも後付けのテーマで、「年下の女の子に傅く、ひねくれたイケメン書きたいな〜」という下心から生まれました。身分差とか、契約恋愛とか、天然で可愛いお嬢様とか、闇を抱えたへらへらイケメンとか、忠誠心の強いイケオジ従者とか、自分の好きなものをたくさん詰め込んだ作品になっています。楽しんでいただけたら幸せです。

上巻は大変いいところで終わっていますが、果たして二人の恋と契約の行方はどうなるのか⁉　ぜひ、下巻もお楽しみに！

この作品が私の商業デビュー作となるのですが、お話をいただいてから出版されるまで、たくさんの人に支えられてきました。

まずは、書籍化のお声掛けをくださった一二三文庫様。広大なネットの海の片隅から見つけていただけて、とっても光栄です。

慣れない作業に右往左往する私を支えてくださった担当様。手厚くサポートしてくださり、優しく温かいお言葉をたくさんいただきました。大変お世話になりました。

ハッと目を惹かれる素敵な装画を描いてくださった白谷ゆう先生。華やかで繊細で、上巻の切なく、ままならない二人の距離感を絶妙に表現してくださって感動しました。

私の書籍化を祝い、応援してくれた友人たち。初めての経験で不安な中、アドバイスしてくださった先輩作家さん方。孤独な作業中の心の支えでした。

そして、Ｗｅｂ掲載時に応援くださった読者の皆様。こうして書籍化の夢が叶ったのも、当時の応援や感想があってこそだと感じています。

最後に、この本を手に取ってくださったすべての方へ。本当にありがとうございます！　買ってくださった方全員、今後一生末永く健康で幸せに過ごしてほしいです。

願わくば、下巻でも皆様にお会いできますように。

織島かのこ

一二三文庫

京都御幸町かりそめ夫婦のお結び屋さん

卯月みか　イラスト／ domco.

勤めていた会社は倒産、住居からは立ち退きを迫られ、失意の中新居探しをしていた戸塚花菜は、カフェ『縁庵』の店主・一眞からある事をきっかけに契約結婚を持ちかけられる。やむを得ず偽装夫婦としての生活をスタートした花菜。物に宿る思い出が見ることができる花菜は『縁庵』に持ち込まれた不要品と相談事を一眞とともに解決し、人と物の新たな縁を結んでいく。

京都桜小径の喫茶店
～神様のお願い叶えます～

卯月みか　装画／白谷ゆう

付き合っていた恋人には逃げられ、仕事の派遣契約も切られて人生のどん底の水無月愛莉。そんな中、雑誌に載っていた京都の風景に魅了され、衝動的に京都「哲学の道」へと訪れる。そして「哲学の道」へと向かう途中出会った強面の拝み屋・誉との出会いをきっかけにたどり着いた『Cafe Path』で新たな生活をスタートするのだが……。古都京都を舞台に豆腐メンタル女子が結ばれたご縁を大切に、神様のお願い事を叶える為に奔走する恋物語。

一二三文庫

愛読家、日々是好日

～慎ましく、天衣無縫に後宮を駆け抜けます～

琴乃葉　装画／武田ほたる

何よりも本を愛する少女・明渓は、後宮には珍しい本がたくさんあるからという理由だけで、後宮入りを決意する。しかし、皇帝と夜を共にすることもないどころか、不思議議な事件に巻き込まれる日々ばかり。読書で会得した持ち前の博識を駆使して、事件を解決していくが、そんな彼女の前に現れたのは、医官見習いの不思議な少年と国の英雄である皇子……。「私、ただ本が読みたいだけなのに！」。後宮を舞台にした、小さなお妃・明渓の謎解きストーリー、ここに開幕！　※第10回ネット小説大賞受賞作